윤봉길-살아서 돌아오지 않으리

서연비람은 조선 시대 왕궁 내, 강론의 자리였던 서연(書筵)에서 강관(講官)이 왕세자에게 가르치던 경전의 요지를 수집하여 기록한 책(비람備覽)을 말합니다. 서연비람 출판사는 민주주의 국가의 주인인 시민들 역시 지속 가능한 과거와 현재, 미래의 이치를 깨우치고 체현해야 한다는 믿음으로 엄선한 도서를 발간합니다.

역사와 문학 비람북스 인물 시리즈

윤봉길-살아서 돌아오지 않으리

초판 1쇄 2025년 10월 15일
지은이 이채형
편집주간 김종성
편집장 이상기
펴낸이 윤진성
펴낸곳 서연비람
등록 2016년 6월 29일 제 2016-000147호
주소 서울시 강남구 언주로30길 57, 제E동 제10층 제1011호
전자주소 birambooks@daum.net

ⓒ 이채형, 2025, Printed in Korea.

ISBN 979-11-89171-88-9

역사와 문학

비람북스 인물시리즈

살아서 돌아오지 않으리

윤봉길

이채형 지음

서연비람

차례

머리말   7

1. 당돌한 소년   11
2. 참스승을 찾아서   22
3. 아버지의 팻말   27
4. 야학과 문맹퇴치   32
5. 농민 운동의 기수가 되어   38
6. 찾아온 손님   45
7. 감시의 눈초리   49
8. 집을 떠나다   58
9. 첫 시련   64
10. 뜻이 있으면 길이 있다   68

11. 압록강을 건너서　　　　　　　　76

12. 상하이의 하늘　　　　　　　　86

13. 비밀결사와 김구　　　　　　　92

14. 거사, 무르익다　　　　　　　　98

15. 선서식　　　　　　　　　　　103

16. 마지막 남긴 말　　　　　　　108

17. 홍커우공원의 폭발　　　　　116

18. 되살린 불길　　　　　　　　123

19. 뒷이야기　　　　　　　　　　132

소설 윤봉길 해설　　　　　　　137

윤봉길 연보　　　　　　　　　143

소설 윤봉길을 전후한 한국사 연표　　　148

머리말

　윤봉길 의사는 자기 신념에 투철한 독립운동가였다.

　그는 비록 짧은 생애지만, 처음부터 끝까지 항일 정신과 독립운동을 위한 투쟁으로 일관했다. 그가 자신의 영웅으로 삼았던 이는 성삼문과 안중근이었다. 성삼문의 충절과 안중근의 의기를 그는 너무도 흠모했던 것이다. 그래서 신념과 용기의 본보기로 삼았다.

　윤 의사는 또 앞서가는 선각자였다. 그는 농촌부흥운동의 선구자였다. 그는 농민을 일깨우고, 농촌을 일으켜 세우기 위해 계몽 운동에 앞장섰다. 그는 자신보다 이웃을 위해 선구자적 역할과 실천을 마다하지 않았다.

　윤 의사는 또 목숨을 아끼지 않은 행동가였다. 그는 입으로만 독립운동을 한 것이 아니라, 침체한 독립운동의 계기를 마련하기 위해 살신성인의 정신을 행동으로 보였다.

　윤 의사는 또 어린이와 젊은이가 나아갈 길을 이끈 인도자였다. 그는 자신이 간 길을 통해, 어린이에게는 신념의 중요함을, 젊은이에게는 용기의 위대함을 실천으로 보여 주었다.

윤 의사는 신념에 따라 자신이 옳다고 여긴 것을 참다운 용기로 실천에 옮겼고, 그것은 곧 독립운동의 큰 초석이 되었다.

아무쪼록 청소년들이 이 책을 읽고 윤봉길 의사를 알고, 그의 지혜와 투지를 배워서 나라 사랑의 길로 나아갈 수 있기를 기대한다.

2024년 3월 5일

이채형

1. 당돌한 소년

1919년 3월 어느 날이었다.

충남 예산의 덕산공립보통학교 2학년 교실에 일본인 와다나베 교장 선생이 난데없이 칼을 찬 채 들어왔다. 그는 상기된 얼굴로 학생들을 향해 소리쳤다.

"오늘 수업은 이것으로 끝낸다. 모두 집으로 돌아가라!"

어리둥절한 학생들에게 그는 덧붙였다.

"장터에서 불온한 자들이 만세를 부르며 소동을 일으키고 있으니, 너희들은 그 근처엔 얼씬거리지도 마라. 내 말을 어기는 놈이 있으면 용서하지 않겠다."

그때, 학생 중에서 번쩍 손을 드는 소년이 있었다.

"교장 선생님, 조선 사람이 만세를 부르는 게 왜 나쁩니까?"

소년의 당돌한 질문에 교장의 얼굴이 벌겋게 달아올랐다.

"일본이 조선의 발전을 위해 얼마나 애쓰는데, 그 은혜도 모르고 만세라니!"

"그런데 왜 만세를 부릅니까?"

애써 참고 있던 교장의 분노가 폭발하고 말았다.

"바로 너 같은 놈 때문이다!"

교장은 당장에라도 달려와 뺨을 때릴 듯이 험악한 얼굴이었다. 그러나 아이들 앞이라 참는 듯했다.

"함부로 입을 놀리면 퇴학시키겠다."

교장이 식식거리며 교실을 나가자, 소년은 다시 조선인 담임 선생에게 물었다.

"선생님, 조선 사람이 조선 독립을 외치는 게 정말 나쁩니까?"

담임 선생이 곤란한 얼굴로 얼버무리듯 대답했다.

"언젠가 너 스스로 알 날이 있을 거다. 더 설명할 수 없구나."

소년은 만세운동의 뜻과 배경을 어느 정도 알고 있었다. 어머니가, 일본에 나라를 빼앗긴 것이며, 잃은 나라를 되찾으려고 만세운동을 일으킨 것을 소년이 알아듣게 설명해 주었던 것이다.

어머니는 설명 뒤에 이렇게 주의를 주었다.

"이런 이야기를 밖에서 함부로 해서는 안 된다."

그런데도 소년은 참지 못하고, 교장 선생에게 질문을 던지고 만 것이다.

담임 선생으로부터 시원한 대답을 듣지 못한 소년은 무슨 일이 일어났는지 몹시 궁금했다. 그래서 교장 선생은 얼씬도 하지 말라고 했지만, 또래들을 이끌고 장터로 갔다.

그곳에는 장날이 아닌데도 많은 사람이 몰려와 있었다. 소년이 들어서자마자, 기다렸다는 듯이 장터 한편에서 우렁찬 만세소리가 터졌다. 그들의 손에는 모두 태극기가 들려 있었다.

"대한 독립 만세!"

"대한 독립 만세!"

소년은 온몸에 소름이 돋는 듯한 충격에 빠졌다. 태극기를 보는 것도 그때가 처음이었다. 소년은 알 수 없는 감격에 몸을 떨었다.

바로 그때였다. 일본 군인들이 장터를 에워쌌다. 그리고 모인 사람들을 총칼로 무자비하게 짓밟기 시작했다. 만세를 부르던 사람들은 쓰러지고 붙잡혔다. 장터는 금방 생지옥으로 변했다.

3월 1일에 처음 일어난 만세운동이 소년이 사는 예산에서 터진 것은 3월 하순이었다. 소년은 만세의 현장을 지켜보면서 뜨거운 피가 끓어올랐다. 소년은 주먹을 불끈 쥐고 속으로 부르짖었다.

'그래, 아직은 어리지만, 언젠가는 저 만세를 목청껏 부르리라!'

소년의 나이 12세였다.

소년 윤봉길은 그날의 다짐을 청년이 될 때까지, 그리고 독립을 위해 목숨을 바칠 때까지 결코 잊은 적이 없었다.

윤봉길은 1908년 6월 21일 충청남도 예산군 덕산면 시량리 178번지에서 태어났다. 아버지 윤황과 어머니 김원상의 맏아들이었다.

어머니는 그를 가질 때, 큰 구렁이가 입으로 들어오는 태몽을 꾸었는데, 태어난 아기의 기골이 장대하고 울음소리가 유난히 컸다.

"우리 집에 장군감이 났구나!"

아기를 받아낸 할머니와 식구 모두가 크게 기뻐했다.

그의 집안은 파평 윤씨로 고려 시대 유명한 장수 윤관의 후손이었다. 그의 조상들은 대대로 농사를 지었다. 할아버지 윤진영은 부지런히 땅을 일구어 별명이 '윤두더지'였다. 그 덕택에 마을에서 살림이 넉넉한 편이었다.

그가 태어난 시량리는 전형적인 시골 마을이었다. 산이 병풍처럼 마을을 둘러싸고, 마을 한가운데로 냇물이 흘렀다. 그리고 멀리 가야산이 있고, 그 앞에 원효봉이 솟아 있는데, 마치 그 봉우리들이 마을을 품어 안고 있는 모양새였다.

원효봉 건너편에 마을 앞산이 있는데, 그리 높지 않은 그 산에는 5형제 바위라 부르는 다섯 개의 바위가 서로 마주보고 있었다.

시량리에 5형제를 둔 집은 윤봉길 집안뿐이었다. 그러니까 그는 그 정기를 받고 태어난 셈이었다.

윤봉길은 일곱 살 때부터 큰아버지에게 천자문을 배웠다. 총명한 편이라 훈장과 마을 사람들로부터 재주 있는 아이라는 칭찬을 들었다.

그리고 성격은 굳세고 담대하여, 훈장에게 벌로 매를 맞아도 눈물을 흘리는 법이 없이 없었다. 오히려 두 눈을 크게 뜨고 말똥말똥 쳐다보았다. 또 급한 성질에 고집이 세서, 학동들과 자주 다투었지만, 결코 지는 일이 없었다. 그래서 별명이 살쾡이를 가리키는 '살가지'였다.

윤봉길은 몸집이 크고, 힘이 무척 셌다. 그래서 일찌감치 마을에서 장사라는 소리를 들었다.

몇 해 뒤의 일이지만, 그가 열다섯 살 때 일이었다. 어느 날, 마을 앞에 청년들이 모여 있었다. 마침 어느 집에서 무덤 앞에 놓을 상석[1]을 만들었는데, 누가 그것을 들어 올릴 수 있는지 내기를 하는 중이었다. 평소에 힘깨나 쓴다는 청년들은 다 모여 있었다.

"자, 이 상석을 들어 올리는 사람을 우리 마을 장사로 삼기로 하지. 상은 술 한 동이."

상석이 무겁고 커서 만만히 볼 수 있는 것이 아니었다. 청년 중 하나가 용기를 내어 나섰지만, 용만 쓰다가 물러났다.

"자, 다른 사람 나오시오."

다시 한 청년이 나와 얼굴이 시뻘겋게 달아오르도록 힘을 썼으나, 땅바닥에서 완전히 들어 올리지 못했다.

"아니, 이걸 들 사람이 한 사람도 없어?"

이렇게 되자, 오기가 나서 차례대로 나와, 젖 먹던 힘까지 다해서 상석과 씨름을 했다. 그러나 모두 실패였다.

맨 나중에, 구경하던 윤봉길이 나섰다. 나이가 적어 그가 나오리라고는 아무도 생각지 못했다.

그는 두 손에 침을 뱉어 문지르고는 돌을 붙잡았다. 그리

---

1 상석(床石): 제물을 차리기 위해 무덤 앞에 설치하는 돌.

고 숨을 고르던 그의 입에서 힘찬 기압 소리가 터져 나왔다.

"으라차차!"

두 팔에 핏줄이 툭툭 불거지면서, 그는 상석을 번쩍 들어 올렸다. 마침내 돌이 허공으로 들어 올려졌다.

"와아!"

모인 사람들의 입에서 한꺼번에 함성이 터져 나왔다.

"우리 마을에 장사가 났구나!"

그들은 놀라 벌어진 입을 다물지 못했다.

이 무렵, 윤봉길은 크게 감명받은 것이 있었다. 그것은, 옳은 일을 위해 목숨을 버리거나, 나라를 위해 몸을 바친 위인들에 대한 이야기였다.

위인들의 이야기를 들려 준 사람은 어머니였다. 어머니는 일찍이 한글과 한문의 소양을 갖추고, 자녀에 대한 교육열이 남달랐다. 그런 어머니인지라 밤마다 그에게 역사상 유명한 분들의 이야기를 들려주었던 것이다.

"애야, 나라가 어려울 때, 언제나 의인이 나타나는 법이다. 지금 비록 나라를 빼앗겼지만, 반드시 의로운 분이 나와 나라를 되찾을 거야."

그 위인 중에는 사육신의 한 사람으로 단종의 복위를 꾀

하다가 죽음을 맞은 성삼문, 을사늑약이 체결된 뒤에 자결한 민영환, 의병을 일으키고 순국한 최익현, 하얼빈역에서 이토 히로부미를 저격한 안중근, 청산리 전투에서 일본군을 꺾은 김좌진 등이 있었다.

그중에서도 특히 소년의 가슴을 울린 이는 충신 성삼문과 의사 안중근이었다. 성삼문의 충절과 안중근의 용맹이 소년을 감동시켰다. 더구나 성삼문은 예산과 가까운 홍성 출신이었다.

'그래, 나도 두 분을 본받아 옳은 일을 위해 목숨을 바치리라!'

뒷날, 그의 아호2를 '매헌'이라 한 것은 성삼문의 호 '매죽헌'과 연관이 있고, 또 상하이에서 안중근 의사의 동생 안공근을 만나 도움을 받았으니, 결코 우연한 일이 아니었다.

윤봉길이 신학문을 배우기 위해 일제가 세운 공립보통학교에 들어간 것은 11세 때였다. 열 살까지는 큰아버지의

---

2 아호(雅號): 문인이나 예술가 따위의 호나 별호를 높여 이르는 말.

서당에서 한문을 배웠으나, 거기에만 매달려 있을 수 없었던 것이다. 그 무렵에 유행한 말이 '아는 것이 힘이다. 배워야 산다.'였다.

소년 윤봉길은 이런 노래를 따라 불렀다.

> 2천만 동포 우리 소년아,
> 국가의 수치 네가 아는가.
> 천부3의 자유권 차가 없거늘
> 우리 민족 무슨 죄로 욕을 받느냐.
> 나라 사랑하는 자 적지 않지만
> 모험 맹진하는 자 몇이 되느냐.
> 깰지라 소년들아, 이 험한 마당에
> 조금도 사양 말고 달려 나가세.

만세운동과 관련해 교장 선생과 충돌이 있은 뒤였다. 윤봉길은 학교에 가기가 싫어지고 말았다.

조선말 대신 일본말을 가르치고, 천황을 하늘처럼 받드

---

3 천부(天賦): 하늘이 줌. 또는 태어날 때부터 지님.

는 학교 교육이 모두 거짓으로 여겨졌다. 교실에 앉아 그런 공부를 하고 있으면, 가슴이 답답하고 울분이 터져서 견딜 수가 없었다.

그는 자신이 일본인이 아니라 조선인임을 절실히 깨달았다. 그래서 더 이상 일본 교육을 받을 수 없었다. 그는 절대로 일본 사람이 될 수 없었던 것이다.

어느 날, 그는 아버지와 어머니 앞에서 말했다.

"내일부터 학교에 가지 않겠습니다."

갑작스런 말에 부모님이 놀란 것은 물론이었다.

"그게 무슨 소리냐?"

"일본말을 가르치고, 일본인이 되라는 학교엔 갈 수 없습니다. 그들은 총칼로 만세운동을 짓밟지 않았습니까."

"그럴수록 열심히 배워야지. 그것이 나라를 되찾는 길이란다."

어머니가 간곡하게 달랬으나, 그는 고집을 꺾지 않았다. 그의 고집을 잘 알고 있는 부모로서는 더 말릴 수가 없었다.

그는, 교장이 퇴학시키기 전에 학교를 스스로 그만두었다. 그러고 나자, 일본인 교장의 얼굴을 보지 않는 것만도 속이 시원했다.

이 모든 것이 만세운동이 준 교훈이었다. 장터에서 만세운동을 지켜보면서, 그의 가슴에 민족의식이 거세게 불타올랐던 것이다.

'그래, 나는 나대로 공부하여, 조국의 독립을 위해 새 길을 찾아야지!'

2. 참스승을 찾아서

　윤봉길은 '오치서숙' 매곡 선생 앞에 나아가, 공손히 큰 절을 올리며 인사를 드렸다.

　"저는 덕산에 사는 윤봉길입니다."

　비록 상대가 아직 소년이었지만, 매곡 선생은 정식으로 그의 인사를 받았다.

　"네 이름은 나도 익히 들었다."

　그는 이미 윤봉길에 대해 들어서 알고 있었다.

　"스승님께 배움을 청하오니, 모자람이 있더라도 기꺼이 받아 주시기 바랍니다."

　"듣자하니 학교를 그만두었다지?"

　"예. 그래서 유학의 깊고 높은 뜻을 더욱 익힐까 합니다."

　그러면서 윤봉길은 서당에서 한문을 배우던 거며, 보통 학교에서 신학문을 공부하던 것을 말씀드리고, 다시 한번 스승에게 간절히 배움을 청했다.

　"나이에 비해 글공부가 숙성하다고 들었는데, 내게 배울 게 있을까?"

그러면서도 매곡 선생은 기꺼이 윤봉길을 제자로 받아들였다.

윤봉길은 학교를 그만두고, 마을 서당에서 한문 공부를 다시 시작했다. 그러다가 몇 해 뒤에 찾은 곳이 이 오치서숙이었다. 마을에서 5리쯤 떨어진 오치서숙은, 까마귀고개라 불리는 고개 부근에 있는 큰 서당이었다. 매곡 선생이 가르치는 곳이었다.

매곡 선생은 이름이 성주록이고, 매곡은 호였다. 학문의 깊이와 고매한 인품으로 인근에 칭송이 자자한 유학자였다. 그래서 마을 사람들이 모두 매곡 선생이라고 부르며 존경했다.

매곡 선생은 유학에만 밝은 것이 아니라, 우국충정이 깊은 사람이었다. 거기에 시대의 흐름을 읽을 줄 알았고, 정의감도 남달랐다.

윤봉길은 이 스승 밑에서 유학의 기본인 수신제가1를 배우게 되었다. 이렇게 오치서숙을 다니게 되기까지는 사람의 기본적인 수양을 닦도록 하려는 어머니의 세심한 배려가 있었다.

---

1 수신제가(修身齊家): 몸과 마음을 닦아 수양하고 집안을 돌봄.

윤봉길은 매곡 선생 문하에서 『대학』부터 시작하여 사서 삼경을 본격적으로 공부했다. 훌륭한 스승을 만나, 그의 학구열이 그 어느 때보다도 불타올랐다. 학업은 일취월장했다.

재주와 기상을 두루 갖춘 그런 제자가 매곡 선생으로서도 기특하지 않을 수 없었다. 그래서 스승의 사랑이 남달랐다.

"학문을 익혀 수양을 쌓는 일이 우선 중요하다."

"예, 명심하겠습니다.

제자는 스승의 말을 마음에 새겼다.

"충성을 다하여 나라에 보답하는 것 또한 중요하다."

이번에도 제자는 마음에 새겼다.

"의로움을 위해 목숨을 아끼지 않는 것이 대장부의 도리다."

제자는 스승의 마지막 말을 가슴에 깊이 새겼다.

윤봉길은 한문을 익히며 몸과 마음을 닦는 한편, 조선일보, 동아일보 등의 신문을 읽고, 『개벽』과 같은 잡지를 구해 읽으며 신문학을 접하는 데도 게을리하지 않았다.

그는 학교를 그만둔 뒤 오치서숙에 오기 전까지, 그사이에 독학으로 일본어를 익혀 글을 읽을 정도는 되었다.

그는 시를 짓는 데도 뛰어난 재능을 보였다. 서숙에서는 매년 봄가을에 날짜를 정해 시회2가 열렸다.

어느 해 추석 무렵, 두엄바위라는 곳에서 백일장이 열렸다. 그날은 오치서숙의 원생들뿐 아니라, 인근에서 글깨나 한다는 선비들이 모두 모였다.

참가자들은 미리 정해 둔 운자에 맞추어 시를 지었다. 그날의 시제는 '만추'와 '학행'이었다. 둘 중 하나를 택하여 짓는 것이었다.

윤봉길은 '학행'을 선택했다. 그리고 먹을 갈고 시를 써 내려갔다.

길이 드리울 그 이름 선비의 기개 밝고

신비의 기개 밝고 밝아 만고에 빛나리

만고에 빛나는 마음 학문에서 우러나며

그 모두가 학행에 있으니 그 이름 스러짐이 없으리

그는 가장 먼저 시 두루마리를 제출했다.

---

2 시회(詩會): 시를 짓는 백일장.

"이번에도 장원은 윤봉길이겠구나."

심사위원들이 그의 시를 보자, 감탄을 금치 못했다. 그는 이미 여러 차례 장원을 했던 것이다.

그의 시재는 타고난 것이었다. 그는 뛰어난 시인이었다. 그의 시인적 면모는 그 뒤에도 자주 보였다.

그리고 그는 그 전해에 이미 성인이 되었다. 그 당시의 풍습에 따라 열다섯 살에 장가를 들었던 것이다. 아내는 배용순이었다.

3. 아버지의 팻말

어느 날, 윤봉길은 글을 읽다가 오치서숙 부근의 산기슭을 거닐고 있었다. 그때, 위쪽 공동묘지에서 웬 청년이 내려왔다. 그의 가슴에는 나무 팻말이 한 아름 안겨 있었다. 청년은 윤봉길을 보자 반갑게 물었다.

"혹시 글을 읽을 줄 아시오?"

"예, 그런데 왜 그러시는지요?"

윤봉길은 의아해서 되물었다.

"그럼 이것 좀 읽고 찾아 주시오."

청년은 안고 있던 팻말을 윤봉길 앞에 죽 펼쳐놓았다. 살펴보니 모두 공동묘지의 묘지 팻말이었다. 팻말에는 죽은 사람의 이름이 적혀 있었다. 무덤 앞에 세워 놓았던 것을 뽑아 온 모양이었다.

"제가 글을 몰라 그러는데, 이 중에서 우리 아버지의 팻말을 좀 찾아 주시오."

보아하니 오랜만에 아버지의 산소를 찾아왔다가 찾지 못한 모양이었다. 그래서 아버지의 무덤을 찾으려고 묘지의 팻말을 모조리 뽑아 온 것이었다.

"저의 아버지 성함은 김선득입니다."

윤봉길은 그 이름을 쉽게 찾았다. 그러나 청년의 일이 걱정이었다.

"팻말은 여기 있지만, 이 팻말을 뽑아 왔으니 산소를 어떻게 찾을 셈입니까?"

윤봉길은 청년의 행동이 어이없고 한심할 뿐이었다.

"아이고, 이 일을 어쩜담! 그걸 깜박했네."

그제야 청년은 자신의 어리석은 실수를 깨닫고 참담한 얼굴이 되었다.

"이제 아버지 산소를 영영 잃게 되었네."

그런데 문제는 청년 아버지의 무덤만 잃은 게 아니었다. 다른 사람의 팻말까지 모조리 뽑아 버렸으니, 그 자손들도 무덤을 잃어버린 셈이었다.

"아이고, 이 불효를 어떻게 한단 말인가……."

청년은 땅바닥에 주저앉아 울음을 터뜨렸다. 윤봉길은 그 모습을 보면서 딱하고 한심해서 할 말을 잊었다.

이 일은 윤봉길에게 큰 충격을 안겨 주었다. 모두가 글 모르는 탓이었다. 그는 탄식이 절로 나왔다.

'아, 모두 무지 탓이다. 청년의 잘못이 아니라 무식이 죄다.'

일본에 나라를 잃은 것도 조선 사람이 무지한 때문이었다. 일제는 물건이나 약탈하지만, 무지는 청년의 정신을 빼앗는 것이었다. 일본의 침략을 물리치고 나라를 되찾기 위해서라도 무지에서 벗어나는 것이 급선무였다.

'그래, 무지에서 벗어나기 위해 나부터 앞장서자. 그러기 위해 우선 문맹퇴치 운동을 벌이자!'

윤봉길은 오치서숙으로 돌아오자, 동료들에게 좀 전에 본 기막힌 일을 자세히 설명했다.

"너무 딱해서 할 말을 잊었네."

안타까워하기는 동료들도 마찬가지였다.

"세상에 그런 일도 있다니!"

"그게 어찌 그 사람 하나만의 일이겠나?"

"글을 몰라서 당하는 일이 그뿐만 아닐 테지."

윤봉길은 동료들 앞에서 다짐했다.

"무지를 추방해야 하네. 무지는 일제보다 더 무서운 적이야. 나라를 빼앗긴 것도 무지 때문이 아닌가."

"그러면 어떻게 해야 하는가?"

동료 하나가 물었다.

"우선 글자라도 깨치게 해야지. 낫 놓고 기역 자도 모르는 백성이 얼마나 많은가."

모두 윤봉길의 말에 찬동하는 모습이었다.

"우리 고장만이라도 문맹 퇴치 운동을 일으키세. 그러기 위해서 우리가 앞장서야 하네."

이 충격적인 팻말 사건은 윤봉길에게 새로운 목표를 심어 주었다. 일제에 빼앗긴 나라를 되찾으려면, 무엇부터 시작해야 하는지 깨달았던 것이다.

그러자 지금까지 막연했던 길이 열리는 듯했다. 그것은 다시 윤봉길에게 새로운 신념을 심어 주었다. 그런데 윤봉길이 자신의 목표와 신념을 실천으로 옮길 날이 의외로 빨리 다가왔다.

어느 날, 매곡 선생이 윤봉길을 따로 불러 말했다.

"이제 자네는 이곳을 떠날 때가 되었네."

"스승님, 그게 무슨 말씀이십니까?"

윤봉길은 스승의 갑작스런 말에 놀라지 않을 수 없었다.

"더 이상 자네에게 가르쳐 줄 게 없으니 더 높은 선생을 찾아보게."

윤봉길이 더 배울 것을 간청했으나, 스승의 뜻은 완강했다.

"이곳에 더 머무는 건 시간 낭빌세. 내가 왜 자네를 보내고 싶겠나."

윤봉길은 섭섭했지만, 스승의 뜻을 받아들일 수밖에 없었다.

"스승님, 너무 섭섭합니다."

"섭섭하기는 나도 마찬가질세. 그래서 내 석별의 뜻으로 자네에게 아호를 하나 지어 줄까 하네."

매곡 선생이 지어준 아호는 '매헌(梅軒)'이었다. 자신의 호 매곡(梅谷)에서 매(梅) 자를 따고, 성삼문의 호 매죽헌(梅竹軒)에서 헌(軒) 자를 딴 호였다. 제자가 위인 중에서도 성삼문을 기린다는 것을 알고 지은 호였다.

"매화는 눈보라 속에서도 싹을 틔우고 꽃을 피우네. 자네도 그 맑고 고고한 기품을 이어받아, 이 어지러운 세상에 향기로운 꽃을 피우게."

스승은 이미 윤봉길의 굳은 뜻을 꿰뚫고 있었다. 매곡 선생 밑에서 학문을 익힌 지 여러 해, 윤봉길의 나이 열아홉이었다.

4. 야학과 문맹퇴치

어느 날, 윤봉길의 집에 오치서숙에서 함께 글을 배웠던 동료들이 모였다. 윤봉길이 그들을 초청한 것이었다. 그는 그들에게 자신의 뜻을 밝혔다.

"우리가 힘을 기르려면 우선 배움의 길을 열어야 하네. 그래서 무지를 벗어나야 하네. 낫 놓고 기역 자를 모르는 사람들이 우리 주변에 얼마나 많은가."

저번에 팻말 사건이 있었을 때, 이미 서로 나눈 이야기였다. 그것을 실행에 옮길 목적이었다.

"아무리 뜻이 좋아도 말만 해서는 소용이 없네. 작은 것일망정 실천이 중요할 뿐이네. 우리 힘을 합쳐, 우선 우리 고장부터 문맹 퇴치 운동을 시작하세."

모인 동료들은 그의 뜻에 반대할 리가 없었다.

"우리도 힘을 모아 자네를 돕겠네."

"먼저 야학당을 여는 것이 어떨까 싶네."

동료들은 그것에도 찬성했다.

"그게 좋겠네. 우선 글 모르는 사람을 모아, 자신들의 이름자라도 깨치게 하면 얼마나 기뻐하겠나."

"그다음은 아버지의 이름자를 가르쳐야겠지?"

누군가 안타까운 팻말 사건을 두고 한 말에 모두들 웃음을 터뜨렸다.

"시작이 반이라, 일단 내가 시작해 보겠네."

그리하여 우선 야학당을 열고, 임시 교실은 윤봉길의 사랑방을 사용하기로 했다. 붙어 있는 아랫방을 트면 20여 명은 앉을 수 있었다.

쇠뿔도 단 김에 뽑는다고, 윤봉길은 예산읍에 나가 야학에 쓸 물품들을 구입했다. 칠판과 백묵, 연필과 공책 등이었다. 동료들도 제각기 자신의 역할을 맡아 준비를 서둘렀다.

야학당이 문을 연 것은 초겨울 어느 날이었다. 가을 추수도 끝나 일손이 조용한 시기였다. 마을 사람들과 아이들이 야학 장소인 윤봉길의 사랑방으로 모여들었다. 모두 글을 배우려고 온 사람은 아니었다. 처음 보는 야학당이 어떻게 생겼나 호기심에 와본 사람이 더 많았다.

이 일을 앞장서 추진한 윤봉길과 그를 도운 동료들은 흐뭇한 마음을 감출 수 없었다.

윤봉길이 앞으로 나갔다.

"여러분, 이렇게 와 주어 고맙습니다."

그는 첫마디를 하고, 감격에 겨워 잠시 말을 멈추었다.

"여러분, 여러분과 나는 농민의 아들딸입니다. 우리는 모두 가난하고 무식합니다. 가난해서 공부를 못했으니 무식한 게 당연합니다. 여러분, 가난과 무식은 둘이 아닙니다. 가난해서 무식하고, 무식해서 가난합니다."

그는 다시 말을 멈추고 숨을 골랐다.

"가난과 무식은 아무도 도와 주거나 물리쳐 주지 않습니다. 스스로 물리쳐야 합니다. 무식에서 벗어나자면 공부를 해야 하고, 공부해서 똑똑해지면 가난도 물리칠 수 있습니다. 여러분, 모두 배워야 합니다. 무식하고 가난한 것을 한탄만 하지 말고, 스스로 힘을 길러야 합니다. 낮에는 일하고, 밤에는 글을 익혀야 합니다."

그가 열변을 토하자, 모인 사람들은 물을 끼얹은 듯 조용했다. 한 마디 한 마디가 가슴에 와닿았던 것이다.

"여러분, 우리는 무식한 까닭에 나라를 잃게 되었습니다. 나라를 되찾기 위해서라도 배워야 합니다. 여러분의 배움을 위해서 이 야학당이 생겼습니다. 이 야학에서 열심히 배워, 우리 부락만이라도 무지와 가난에서 벗어납시다."

실로 감동적인 인사말이었다. 가슴에서 우러난 그대로라 듣는 이의 마음에도 그대로 가 꽂혔다. 듣고 있던 사람들 중에는 눈물을 닦는 사람도 있었다.

윤봉길은 마지막에 팻말 사건을 들려주며 이렇게 연설을 마쳤다.

"여러분, 그 사람에게 무슨 죄가 있습니까. 가르치지 못한 것이 죄일 뿐입니다."

모인 사람들은 배워야겠다는 결의에 차서 돌아갔다.

그러나 역시 생각과 실천 사이에는 간극[1]이 있고, 그것을 좁히려면 시간이 필요했다. 정식으로 수업이 시작된 야학에는 그리 많은 사람이 모이지 않았다. 돈을 낼까 부담스러운 탓도 있었다.

그것이 윤봉길을 실망시켰으나 마음을 다잡았다. 그는 배울 만한 나이의 아이들 명단을 작성하고, 동료들과 나누어 직접 아이들의 집을 찾아 나섰다. 그리고 부모들을 설득했다.

---

1 간극(間隙): 사물 사이의 틈.

"야학의 본뜻은 어려운 사람들끼리 마음을 모아 무지에서 벗어나자는 것입니다. 돈 걱정은 말고 아이들을 보내 주십시오."

그러자 젊은 사람들의 열의에 감동하여, 자녀들을 야학에 보내는 사람들이 늘어났다. 그러나 아직도 딸을 둔 집에서는 보내기를 꺼리는 것이었다.

"이젠 여자들도 배워야 합니다. 여자가 집 안에만 있는 시대는 지나갑니다. 개화된 나라엔 여자의 역할이 큽니다."

그리고 나서 남녀의 자리를 따로 하고, 공부를 마치면 집까지 데려다 준다는 조건으로 허락을 받았다.

마침내 야학당이 학생들로 가득 찼다. 그 사이에 서너 달이 지나갔다.

윤봉길은 야학반을 갑을반으로 나누었다. 갑반에서는 한글만 가르치고, 을반에서는 역사, 산수, 과학, 농사 지식을 가르쳤다.

수업 시간은 하루에 세 시간 정도였는데, 나이 든 사람들도 배우려고 오는 이가 많았다.

야학은 나날이 배우는 사람들로 붐볐다. 그와 함께 윤봉길도 지도자의 자질을 갖추어 갔다. 이제 예산읍에서 그를 모르는 사람이 없었다.

그런데 주목할 점은 야학에서 일본말을 가르치지 않았다는 것이다. 모두 한글이었다. 학교에서 가르치는 국어는 일본말이었다.

어느 날, 한 학생이 질문을 했다.

"선생님, 우리 야학당에서는 왜 일본말을 가르치지 않습니까? 다른 데서는 가르쳐 준다는데……."

그 질문에 윤봉길은 이렇게 대답했다.

"우리는 조선 사람인데 왜 일본말을 배우느냐? 세계 어느 나라에 가더라도 다 제 나라 말을 쓴다. 그러니 우리도 조선말을 써야 한다."

당연한 말이었지만, 이런 말을 하려면 용기가 필요한 시대였다. 윤봉길은 그것도 모자라 이런 노래를 지어 학생들에게 부르게 했다.

세종 임금 한글 펴니
스물여덟 글자
사람마다 쉬 배워서
쓰기도 편해라.

5. 농민 운동의 기수가 되어

야학당이 궤도에 오르자, 윤봉길은 농촌 계몽 운동으로 눈을 돌렸다. 시선을 더욱 넓게 잡은 셈이었다. 그렇게 된 데에는 오래 끌어오던 집안 송사[1] 사건이 한 계기가 되었다.

윤봉길의 집에서는 몇 년째 끌어오는 송사 사건이 하나 있었다. 그것은 논 다섯 마지기가 걸린 재판이었다.

상대는 덕산 전체에 수전노로 소문난 영감이었다. 그는 천석꾼 부자였다. 그런데도 세금을 내지 않으려고 남의 집에 세 들어 살고 있었다. 신발이 닳을까 봐 사뿐사뿐 걷고, 옷이 해질까 봐 자리에 앉지도 않는 영감이었다. 이런 지독한 영감과 소송이 붙은 것이었다.

이 영감이 윤봉길의 집 논을 헐값에 뺏으려고 생트집을 잡는 바람에 소송이 붙었다. 재판은 5년을 끌었다. 지방법

---

1 송사(訟事): 백성끼리 분쟁이 있을 때, 관부에 호소하여 판결을 구하던 일.

원에서 3년, 서울 큰 법원에서 2년이었다. 결국 소송에서 이겼다.

소송 일은 아버지를 대신해서 윤봉길이 맡을 수밖에 없었다. 그는 소송대리인으로서 서울을 내 집 드나들 듯 오르내렸다. 소송비도 많이 들고, 교통비며 시간의 소모가 이만저만이 아니었다. 그는 이 일을 겪으면서 많은 것을 느꼈다.

'아, 대지주가 소농을 이렇게 착취하려 하다니! 이것도 일제의 농간 때문이 아닌가. 만약 아무것도 모르는 농민이었다면, 꼼짝없이 빼앗기고 말았을 것 아닌가. 농민들의 삶이 가난한 것도 이런 이유 때문이다. 약자인 그들의 눈을 뜨게 해야 한다.'

송사 사건의 교훈은 여기서 그치지 않았다. 청년 윤봉길은 그대로 있을 수가 없었다. 국민의 8할이 농민이었다. 농민이 못살면 민족 전체가 못 살 것은 당연했다. 그리고 농민들은 아직도 봉건적인 구습2에 빠져 있었다.

'우리 농민의 살길은 무엇인가? 그것을 위해 무엇을 해야 하는가?'

---

2 구습(舊習): 예전부터 내려오는 낡은 풍습.

그는 서울을 드나들며 세상 돌아가는 것을 눈으로 확인했다. 그래서 농민이 잘사는 길이 이 시대의 가장 절실한 과제라는 것을 깨달았다.

'그래, 야학에서 아이들을 가르치듯이 농민들을 상대로 그들을 일깨우자. 그래서 농민들의 힘을 키워야 한다.'

마침내 윤봉길은 농촌 계몽의 길로 들어섰다. 그리고 가장 먼저 한 것은 『농민독본』의 저술이었다. 농민들을 일깨우려면 그 교본이 필요했다. 그래서 그는 그 교재를 직접 썼다.

그것은 농민들을 격려하면서, 그들의 활동 지침을 제시하고 있었다. 그것은 3권으로 이루어졌는데, 지금은 제2권과 제3권이 남아 있다.

제2권의 제6과 '백두산' 편을 보면, 그의 조국애가 잘 나타나 있다.

…삼천리 반도 안에 생존하여 있는 2천만 동포의 한숨과 눈물과 번민과 고통, 그 모든 잔인한 상태를 세세히 살피어 동정하는 듯이 북쪽에 우뚝 솟아 설한풍을 막아 주는, 줄기줄기 활기 있게 뻗힌 건장하고 장엄한 백두산.

아! 너의 원한은 무엇이기에 끊임없는 눈물은 흘러 흘러서

2백여 리 압록강으로 흐르느냐. 백두산아, 너무 낙루치 마라.
그다지 약소한 우리 조선이 아니다.

그리고 제3권은 25과로 구성되어 있는데, 제3과 '자유'
는 이렇다.

인생은 자유의 세상을 찾는다.
사람에게는 천부의 자유가 있다.
머리에 돌이 눌리고 쇠사슬이 걸린 사람은 자유를 잃은 사
람이다.
자유의 세상은 우리가 찾는다.
자유의 생각은 귀하다. 나에 대한 생각, 민중에 대한 생각.
개인의 자유는 민중의 자유에서 나아진다.

이를 보더라도, 윤봉길의 농민 운동은 출발부터 항일정신
을 띠고 있었다. 자유를 우리 스스로 찾는 것이지 다른 사람
으로부터 주어지지 않는다는 것을 강조하고 있는 것이다.
민족의 자유를 스스로의 힘으로, 그리고 민중과 함께 찾
자는 것은 그의 한결같은 신념이었다. 그리고 그것은 일생
을 통한 그의 행동 강령이었다.

야학당에서 『농민독본』을 가르치던 윤봉길은 마을 청년들을 새로이 조직하여 청년모임을 구성했다. 그 결성식에서 그는 이렇게 자신의 생각을 밝혔다.

"여러분, 우리가 처음 야학을 시작했을 때 모두 회의적이었습니다. 하지만 우리는 해냈습니다. 그리고 농촌 계몽 운동도 궤도에 올랐다. 힘을 합치면 못 이룰 게 없습니다. 이제 힘을 합쳐 우리 마을을 바꿉시다. 여러분의 생각은 어떠십니까?"

"좋습니다!"

모인 청년들이 이구동성으로 찬성했다.

"그렇다면 실천으로 옮겨야 합니다. 우선 우리가 설립할 단체를 '부흥원'이라 부를까 합니다. 농촌을 부흥시킨다는 뜻입니다."

"좋습니다!"

이번에도 아무 반대 없이 그 이름에 찬성했다.

"그럼 앞으로 진행할 실천 목표를 정하도록 하겠습니다."

그날, 윤봉길과 마을 청년들은 다섯 가지 우선적인 목표를 의결했다.

첫째 증산 운동, 둘째 마을 공동 구매조합 설립, 셋째 국산품 애용 운동, 넷째 부업 장려, 다섯째 생활환경 개선 등 이었다.

그러나 부흥원 설립에는 어려운 문제가 많았다. 우선 회 당을 마련하는 일이었다. 목표를 실천하려면 반드시 필요 했다. 야학당은 공부하는 데도 이미 비좁아서 운영이 어려 울 지경이었다. 야학당과 부흥원, 구매조합을 함께 운영하 려면 그만한 회당을 반드시 마련할 필요가 있었다.

윤봉길은 이런 제안을 했다.

"뜻이 있으면 길이 있습니다. 어차피 큰돈을 들여 건물 을 장만할 힘이 없으니, 우선 회당 지을 땅을 빌려줄 사람 부터 찾아봅시다."

그런데 마을 유지 중의 한 사람이 땅을 내주겠다고 나섰 다.

일은 일사천리로 진행되었다. 청년들은 토목일과 목수일 로 나누어, 근처에서 구한 목재로 회당을 지었다.

상량3식4 날, 윤봉길은 대들보에 상량문을 썼다. 그는 상

---

3 상량(上樑·上梁): 기둥에 보를 얹고 그 위에 처마 도리와 중도리를 걸고 마지막 으로 마룻대를 올림. 또는 그 일.
4 상량식(上樑式): 상량할 때에 이를 축하하는 의식.

량문의 연호를 조선의 개국연호인 '단기'로 적었다. 그때는 이미 일본의 연호 '소화'를 쓰던 때였다. 여기서도 청년 윤봉길의 민족정신을 읽을 수 있었다.

윤봉길이 마을 회당과 함께 추진한 것이 두 가지 더 있었다. 독서회와 체육회 조직이었다.

독서회는, 서울에서 학교를 다니던 사촌동생 윤신득과 공주 영명학교 출신인 친구 정종갑의 도움으로 책이 모아져 정식으로 발족되었다. 일하고 배우는 틈틈이 책을 일게 하자는 취지였다.

체육회는, 함께 모여 운동을 하면서 서로 유대를 강화하자는 목적에서였다. 그러려면 운동장이 필요했다.

청년들은 냇가의 하천부지에 나무와 잡풀을 베어내고 운동장을 만들었다. 그리하여 '수암체육회'가 결성되고, 윤봉길이 회장을 맡았다.

6. 찾아온 손님

1928년 어느 날, 낯선 손님이 윤봉길을 찾아왔다. 그는 다부진 체구의 청년이었다.

"윤 선생이시죠? 나는 천안에서 온 신문기자입니다."

인사를 건네는 그의 인상은 선한 편이었으나, 눈매가 매섭고 행동이 기민해 보였다.

"예, 그렇습니다. 어떻게 찾아오셨는지요?"

"윤 선생이 훌륭한 일을 하고 계시다는 소문을 듣고 찾아왔습니다."

"부끄럽습니다. 아무것도 한 것이 없고, 이제 겨우 시작일 따름입니다."

윤봉길은 손님에게 부끄러울 뿐이었다.

"겸손한 말씀입니다. 잠시 말씀을 좀 나눌까 합니다."

윤봉길은 손님을 야학당으로 쓰는 사랑방으로 안내했다.

청년은 방안에 걸린 칠판이며 책상, 필기구 등을 둘러보더니 흡족한 미소를 지었다.

"듣던 대로 윤 선생의 활동을 보여주는군요."

자연 두 사람은 야학 이야기부터 나누게 되었다.

"보시는 대로 부족한 것이 많지만, 이곳에서 야학을 열고 있습니다. 마을 사람들의 호응과 학생들의 향학열1로 그런 대로 자리를 잡아가고 있습니다."

"얼마나 대단합니까. 모두 윤 선생이 기울인 노력의 대가겠지요."

손님은 진정으로 윤봉길을 칭찬했다.

"배우는 학생들이 늘어, 이곳에서 수업을 하기는 너무 비좁습니다. 그래서 지금 회당을 짓는 중입니다."

윤봉길이 이미 결정된 부흥회와 앞으로의 계획을 들려주자, 손님은 더욱 감동했다.

"듣던 대로 과연 훌륭하십니다. 우리 농촌에 윤 선생 같은 분이 있으니 참으로 든든합니다."

이윽고 손님은 품속에서 명함 한 장을 꺼내 윤봉길에게 내밀었다. 명함에는 '시조사 기자 이흑룡'이라 씌어 있었다.

"잡지사 기자시군요."

---

1 향학열(向學熱): 배움에 뜻을 두어 그 길로 나아가려는 열의.

윤봉길은 『개벽』 잡지를 애독하고 있어 반가웠다.

"예, 기자 신분으로 활동하는 사람입니다."

그러면서 손님은 『시조』 잡지 몇 권을 내놓았다.

"그래서 윤 선생 같은 분을 찾아서 동지로 삼고 있습니다."

이야기를 더 나누면서 알게 되었지만, 찾아온 손님은 전국 각지를 돌며 의로운 동지들을 모으고, 독립군의 군자금2도 모으는 일을 하고 있었다.

"정말 잘 찾아 주셨습니다."

윤봉길은 손님의 손을 덥석 잡았다. 일제에 대한 저항 정신과 독립에 대한 열망은 누구 못지않았으나, 시골의 한 야학 선생에 불과한 그로서는 너무나 반가운 손님이었다.

두 사람은 의기투합하여 밤을 새우며 이야기를 나누었다. 우물 안 개구리나 다름없던 윤봉길은 손님을 통해서 임시정부와 독립군의 활동, 국제정세 등을 알게 되었다. 윤봉길은 농촌에서 계몽활동이나 벌이고 있는 자신이 왜소하게 느껴지지 않을 수 없었다.

---

2 군자금(軍資金): 군사상 필요한 모든 자금.

다음날, 손님은 윤봉길과 헤어지면서 이렇게 당부했다.

"지금은 윤 동지처럼 조용히 힘을 기를 필요가 있습니다. 동포들의 눈을 뜨게 하고, 가난과 압제3에 시달리는 농민들에게 희망을 불어넣어 줘야 합니다."

두 사람은 다시 만날 것을 약속하고 헤어졌다.

그 이후, 이흑룡은 가끔 시량리 마을을 찾았다. 그가 들려주는 독립투사들의 활약은 윤봉길의 가슴을 달구었다. 그럴수록 그의 다짐도 굳어갔다.

'민족의 장래를 위해 기꺼이 목숨을 바치리라!'

---

3 압제(壓制): 권력이나 폭력으로 남을 꼼짝 못 하게 강제로 누름.

7. 감시의 눈초리

기다리던 학예회 날이 다가왔다. 마을 회관은 마을 사람들로 가득 찼다. 1929년 새해를 맞아 부흥원 건립을 기념하고, 야학당 학생들의 발표회를 겸해서 마련한 자리였다.

막이 오르기 전에, 한 소녀가 깡충깡충 뛰어 무대 앞으로 나왔다. 그리고 큰절을 올리고 붓글씨로 쓴 인사말을 읽었다.

"우리 일동을 대표하여 조그마한 제가 나왔습니다. 바쁘신 중 일에 지치신 몸으로 이렇게 많이 와 주셔서 고맙습니다. 조금 뒤에 「토끼와 여우」의 막을 올리겠습니다. 보시고 잘못이 있으면 용서하시고, 잘하면 곱빼기로 박수쳐 주시기 바랍니다."

장내에는 웃음과 박수가 이어졌다. 그리고 곧 막이 올랐다.

무대는 나무가 우거진 산속의 울창한 숲, 토끼와 거북이 등장한다. 그들은 산길에서 빵조각을 발견하고 사이좋게 나누어 먹는다.

"요것 참 맛있구나. 이런 맛은 처음 보는걸."

토끼가 입을 달싹이자, 거북도 맞장구를 친다.

"둘이 먹다가 하나가 죽어도 모르겠다."

이렇게 둘이 맛있게 먹고 있는데, 여우가 등장한다.

"흠, 너희들 빵을 먹고 있구나."

여우는 교활한 웃음을 흘리며 다시 말한다.

"오늘 내가 너희들에 좋은 일을 해주지. 이리 내봐, 내가 공평하게 반씩 나누어 줄 테니."

"괜찮아. 우리도 나눠 먹을 수 있어."

그러나 여우는 험악한 얼굴로 달려들어 빵을 빼앗는다.

"맛이 괜찮아 보이는군."

여우는 군침을 삼키며 빵을 반으로 뚝 자른다.

"어, 반으로 잘랐는데, 이쪽이 크구나."

여우는 커 보이는 쪽을 한 입 베어 문다.

"어렵소, 이번엔 이쪽이 더 크잖아."

여우는 다시 그쪽을 한 입 베어 먹는다.

그런 식으로 빵을 다 먹은 여우가 울상이 된 토끼와 거북에게 말한다.

"너희들, 이제 빵 때문에 싸울 필요가 없게 됐잖아. 내게 고맙다고 해."

이 연극은 『이솝 우화』를 각색한 것이었다. 교활한 여우는 일제를, 순진한 토끼와 거북은 조선을 가리키는 것은 누가 보아도 알 수 있었다.

아동들의 재치있는 연기에 웃음과 박수를 보내면서도, 모인 사람들도 그 숨은 뜻을 깨닫고 숙연한 모습들이었다.

그런데 바로 다음날이었다. 덕산주재소에서 윤봉길에게 즉시 출두하라는 호출장이 날아왔다.

윤봉길이 주재소에 들어서자, 순사 부장이 소리를 질렀다.

"네가 윤봉길이냐?"

윤봉길은 순사 부장 앞으로 갔다. 그는 조선인 출신 순사인데, 가끔 마을에 나타나서 윤봉길도 얼굴을 알고 있었다.

"무슨 일로 부르셨습니까?"

"어젯밤에 사람들을 모아 놓고 무슨 연극을 했다지?"

"예, 야학당 아이들의 연극이었습니다."

"내용이 뭐야?"

"이솝 우화를 각색한 것입니다."

"그럼 여우와 토끼는 누구를 빗댄 거지?"

순사 부장은 이미 연극의 내용을 다 알고 있었다. 그래서 불손한 뜻을 숨기고 있다고 의심했던 것이다.

"빗댄 것이 아니라, 그냥 재미있게 꾸민 것뿐입니다."

윤봉길은 태연히 대답했다.

"여우를 일본 제국에, 토끼와 거북은 조선에 빗대어, 불온한 사상을 고취시키려는 것 아니냐?"

"아닙니다. 빗댄다면 동물 세계의 약육강식을 보여준 것뿐입니다."

"좋아. 그렇다면 이번에는 넘어가 주지."

그러면서 순사 부장은 덧붙였다.

"앞으로 조심하는 게 좋을 거야. 내가 지켜보고 있으니까."

순사 부장은 오래 전부터 윤봉길을 주시하고 있었다. 윤봉길이 줄기차게 벌이고 있는 계몽 운동을 일제에 대한 반기로 여기며 눈꼴사납게 생각하고 있었다. 그래서 이번 기회에 단단히 겁을 주려는 생각이었던 것이다.

윤봉길은 주재소를 나오면서 분노로 치를 떨었다.

'내 나라, 내 땅에서 이웃들과 배움을 이어가는 것도 죄가 되다니!'

그는 문득 만세운동 당시 일본인 교장에게 대들었다가 욕설을 듣던 일이 다시 떠올랐다. 공교롭게도 그가 주재소로 불려간 그날은 3.1운동 10주년이 되는 날이었다.

허탈감에 빠져 있던 그를 위로한 것은, 한참 뒤에 동아일보에 실린 한 편의 시였다. 인도의 시성 타고르의 시였다.

일찌기 아시아의 황금 시기에
빛나던 등촉의 하나인 조선,
그 등불 다시 한 번 켜지는 날엔
너는 동방의 밝은 빛이 되리라.

타고르는 외신을 통해 3.1운동 때 받았던 감명을 잊지 않고, 아직도 독립을 이루지 못하고 일제에 억압받고 있는 조선인을 격려하기 위해 이 시를 보내 주었던 것이다.

윤봉길에 대한 일경1의 눈초리는 월진회를 조직하면서 더욱 날카로워졌다.

월진회는 야학과 독서회, 체육회, 구매조합을 하나로 묶는 조직이었다. 목표는 세 가지였다.

첫째, 농가 부업의 장려.

---

1 일경(日警): 일본의 경찰.

이를 위해 회원 전원에게 돼지 1마리씩을 기르게 하고, 양계에 힘을 쓰도록 했다.

둘째, 산림녹화와 유실수 재배.

냇가에 회원 한 사람 당 50주씩, 총 6천 주의 포플러를 심고, 밤나무 등 유실수 1천여 주를 심었다.

셋째, 토론회와 학예회 등의 개최.

이는 농민들의 교양을 높이고 친목을 도모하기 위한 것이었다.

윤봉길은 '월진회가'를 직접 지었다.

조화신공 가야산의 정기를 받고
전승경개 수덕산의 정기를 모아
금수강산 삼천리 무궁화원에
길이길이 빛을 내는 우리 월진회

얼마 후에, 윤봉길은 다시 순사 부장과 마주 앉았다.

"월진회가 무슨 단체인가?"

순사 부장이 물었다.

"그냥 친목 단체입니다."

"시치미 떼지 마. 농촌 계몽한다면서 불순한 운동 하는 거 아니냐?"

"무슨 말입니까?"

그는 시치미를 뗐다.

"야학에서도 일본말은 가르치지 않고 조선말만 가르치잖아?"

"그건 아직 어려워서 그렇습니다."

"어쨌든 회를 해산하는 게 좋을 거야."

그날은 그쯤에서 풀려났다.

윤봉길은 학예회 사건 이후, 일제의 감시의 눈초리를 점점 더해지는 것을 절실히 느끼고 있었다. 그 다음부터 강연회가 열리면, 순사들이 수시로 부흥원에 나와 검열했다. 그에게는 그것이 큰 압박이 아닐 수 없었다.

그해 가을, 다시 일경의 신경을 곤두세우는 일이 터졌다. 11월 3일, 광주학생의거가 터진 것이다.

열차로 통학하던 조선인 학생과 일본인 학생 사이에 벌어진 마찰이 사건의 발단이었다. 그러나 그 이면에는 쌓이고 쌓인 민족 감정이 그 원인이었다.

광주중학교의 일본인 학생이 나주역에서 조선인 여학생

을 희롱하자, 이를 본 조선인 광주고보 학생이 달려들어 충돌이 일어났던 것이다.

이 일로 광주 시내의 일본인 학생과 조선인 학생 사이에 패싸움이 일어나고, 마침내 시위로까지 번졌다. 그 시위는 전국적으로 퍼져 나갔다.

"일제 타도 만세!"

"약소민족 해방 만세!"

윤봉길은 이 사건을 비상한 관심을 가지고 지켜보았다. 그는 자신의 심정을 일기에 이렇게 적었다.

12월 15일(목)

광주고보 민족 충돌 사건을 듣고 끓는 피를 감출 수가 없었다.

그는 예산에서도 학생들의 의거를 일으켜 볼 생각을 했다. 그래서 예산농업학교에 다니는 정종호, 황종진을 시켜 시위운동을 계획했으나, 큰 성과를 거두지는 못했다.

그 무렵부터 주재소의 순사 부장은 윤봉길의 활동을 눈에 불을 켜고 감시했다. 그리고 월진회 해체를 노골적으로 요구하며 그를 압박했다. 윤봉길은 그런 순사 부장의 압력을 애써 무시했지만, 자신을 향해 좁혀오는 올가미를 몸으로 느끼고 있었다.

그는 속으로 결심을 굳혔다.

'그래, 이제 어떤 결단을 내릴 때가 되었다!'

8. 집을 떠나다

이흑룡이 다시 찾아온 것은 이듬해 1930년 초였다. 윤봉
길은 자신의 뜻을 그에게 내비쳤다.

"아무래도 이 땅을 떠나야 할 것 같습니다."

"결심이 섰소?"

이흑룡이 말을 이었다.

"만주의 독립운동 단체들이 윤 동지 같은 애국청년들을
찾고 있습니다. 계몽 운동도 중요하지만, 그것은 다른 청년
들에게 맡기고 만주로 떠나는 게 어떻겠소? 더구나 벌써
윤 동지는 감시를 받는 처지라 계몽 활동이 더 어려워질지
도 모를 일이오."

윤봉길은 마음을 굳히고 있었지만, 막상 제의를 받고 보
니 망설여지지 않을 수 없었다. 아직 미완성인 월진회 일
때문이었다. 그러나 이흑룡의 말대로 자신이 있으면, 그 일
이 더 어려울지도 모르는 것이 사실이었다.

"이 동지, 제가 과연 그들에게 도움이 될 수 있을까요?"

"무슨 말씀이오? 조국은 진실로 윤 동지를 필요로 하오. 윤

동지는 윤 동지에게 맞는 더 큰 일을 해야 하기 때문이오."

더 이상 망설이거나 의논할 것도 없었다.

"준비하겠습니다."

윤봉길은 짤막하게 말했다.

"좋소. 내가 책임지고 안내하겠소."

두 사람은 두 달 후인 3월에 신의주에서 합류하여 압록강을 건너기로 약속했다.

3월 6일 새벽, 일찍 일어난 윤봉길은 사랑으로 나갔다. 그리고 먹을 갈아, 비장한 마음으로 이렇게 썼다.

丈夫出家生不還

장부출가생불환, '사나이 뜻을 세워 집을 나가면, 공을 이루지 않고서는 살아서 돌아오지 않는다'라는 뜻이었다.

자신의 심경 그대로였다. 그리고 마지막 다짐이었다. 그것은 비장한 출사표[1]이자 유서였다. 그 유서 위에 가족들의

---

1 출사표(出師表): 출병할 때에 그 뜻을 적어서 임금에게 올리던 글.

얼굴이 차례로 떠올랐다.

어제 모처럼 친정 나들이를 가신 어머니에게는 하직 인사도 드리지 못했다. 아내는 지금 셋째 아이를 가져 만삭이었다. 모두에게 집 떠나는 것을 숨길 수밖에 없었다.

그는 자신의 물건들을 정리했다. 그리고 노트며 비망록 등을 치웠다. 자신이 사라진 것을 알면 틀림없이 주재소에서 나와 조사를 할 것이기 때문이었다.

그는 이미 전날 밤 야학반 학생들에게 마지막 인사를 했다.

"여러분들에게 다시 한번 부탁하고 싶은 것은, 어떤 역경이 닥치더라도 배움을 중단해서는 안 된다는 것입니다. 여러분은 처음 먹은 마음 그대로 열심히 야학에 임해야 합니다. 그것이 곧 나라를 찾는 일입니다."

오늘 따라 그의 목소리가 무겁게 들렸으나, 학생들은 그와의 마지막 수업이라는 것을 꿈에도 몰랐다.

어느덧 날이 밝았다.

그는 한복에 캡을 쓰고 나들이 준비를 마치자, 안채의 작은방으로 다시 들어갔다. 마침 잠을 깬 아들이 아버지를 올려다보았다. 아버지는 아들을 꼭 끌어안아 주며 말했다.

"아들아, 잘 있거라."

아내는 아침을 준비하느라 부엌에 있었다. 그는 부엌 앞에서 아내에게 말했다.

"물 한 그릇 주오."

아내가 빙긋 웃으며 물을 떠서 내밀었다. 그는 말없이 그 물을 받아 다 마셨다. 그는 한마디 말도 없이, 아내의 시선을 피한 채 빈 그릇을 내밀었다.

부엌을 나와 사랑으로 향하는데, 아버지가 방문을 열었다. 아버지는 그가 매부를 선보러 가는 줄로만 알고 있었다.

"사람의 됨됨이를 잘 살펴보아라."

"네, 다녀오겠습니다."

그는 짧게 대답하고 대문을 나왔다. 그리고 마지막으로 집 주위를 휘휘 둘러보았다. 이제 마지막이라 생각하니, 감정이 치밀어 오를 것 같았다. 그는 애써 그것을 누르고 미소를 떠올렸다. 그리고 입속으로 나직이 뇌었다.

"살아서 돌아오지 않으리라."

윤봉길이 삽교역에 도착한 것은 열 시가 조금 지나서였다. 집에서 20리 길을 단숨에 달려온 것이었다.

그는 서울행 열차에 올랐다. 서울까지는 5시간 거리였다. 열차 안에는 다행히 아는 사람이 눈에 띄지 않았다.

열차는 예산과 온양, 천안을 거쳐, 오후 3시 무렵에 서울에 도착했다. 경의선 북행열차로 갈아타려면 시간이 좀 있었다.

그 사이에, 윤봉길은 중동중학에 재학중인 사촌동생 윤신득의 하숙집을 찾아갔다. 그는 독서회가 발족할 때 많은 책을 보내 주었다.

그런데 동생은 외출중이었다. 윤봉길은 실망이 컸다. 그는 내심 동생에게, 학업을 마치면 고향에 돌아가 월진회의 일을 맡도록 부탁할 생각이었다.

신의주에서 이흑룡과 만나기로 한 약속 때문에 동생을 기다릴 수 없었다. 그는 동생을 만나지 못한 채, 할 수 없이 저녁 북행열차에 올랐다.

열차가 출발하고 얼마나 달렸는지 바깥이 어두워져 있었다. 그는 잠시 눈을 붙였다. 일찍 집을 나온 데다 마음의 짐까지 있어서, 그는 몹시 피곤했다.

그가 눈을 떴을 때는 어느새 날이 밝았다. 자신도 모르게 곯아떨어진 모양이었다. 그는 정신을 차리고, 주머니에서 종이와 만년필을 꺼냈다. 그리고 월진회 회원인 고향 친구 황종진에게 편지를 썼다.

하루가 3년 같다는 말이 있듯이, 어제 하루는 저에게 정말 긴 하루였습니다. 이 편지를 받으면 무척 놀랄 것입니다. 저는 가정과 사업과 동지를 다 버리고, 더 큰일을 하려고 고향을 떠났습니다. 지금의 청년이 반드시 해야 할 일입니다. 저는 넓고 넓은 만주 벌판에서 자유롭게 뛰어놀까 합니다.

이 편지가 친구에게 들어갈 무렵이면, 자신은 이미 국경을 넘었을 테니 굳이 숨길 필요가 없었다. 그리고 아무 말 없이 떠나온 가족과 회원들에게 자신의 망명을 이제는 알려 둘 필요가 있었다.

9. 첫 시련

막 편지를 다 쓴 바로 그때였다. 누가 옆구리를 찔렀다.

"차표 좀 봅시다."

윤봉길이 올려다보니, 차장과 낯선 사내가 서 있었다. 그는 태연한 척 차표를 내보였다.

"어디까지 가시오?"

차장 옆에 서 있던, 눈매가 사나운 사내가 물었다. 아무래도 일본 형사가 분명해 보였다.

"신의주까지 갑니다."

윤봉길은 공손하게 대답했다.

"신의주엔 뭐 하러 가나?"

윤봉길은 얼른 대답할 수 없었다. 거기서 이흑룡을 만난다고 할 수는 없었다.

"왜 가느냐니까!"

사내가 다그쳤다.

"친척집을 찾아갑니다."

윤봉길은 얼른 꾸며댔다.

"이름이 뭐지?"

"윤천의라고 합니다."

"친척집이 신의주 어디야?"

윤봉길온 그만 말문이 막히고 말았다. 신의주의 거리를 그로서는 알 턱이 없었던 것이다.

수상한 낌새를 알아챈 사내가 윤봉길을 일으켜 세웠다. 그리고 몸수색을 시작하자, 편지가 나왔다.

"넓고 넓은 만주 벌판에서 자유롭게 뛰어논다?"

사내의 입가에 회심의 미소가 떠올랐다.

"잠깐 나와 함께 가야겠다."

윤봉길은 사내에게 끌려 선천역에서 내리지 않을 수 없었다.

그는 곧바로 선천경찰서로 연행되었다. 그곳은 국경의 경비와 검문을 주로 맡아하던 경찰서였다.

윤봉길은 경찰서에서 본격적인 조사를 받았다.

"주소가 어디지?"

사는 곳과 직업, 그리고 학교 등 기초적인 인적 사항부터 물었다. 그는 있는 그대로 대답했다. 그러나 다음부터가 문제였다.

"만주 벌판에서 마음대로 뛰어논다는 게 무슨 뜻이야?"

형사가 날카롭게 질문했다.

"그냥 친구에게 해본 소리입니다."

"그냥 해본 소리라니! 독립운동을 하겠다는 말 아닌가?"

형사가 의심을 품고 캐어묻는 핵심이었다.

"아닙니다. 나는 시골에 사는 평범한 청년일 뿐입니다."

윤봉길은 잘못하면 큰일을 당할지도 몰라 단단히 다짐했다.

'어떤 일이 있어도 잡아떼야 한다. 여기서 빌미가 잡히면, 국경을 넘지도 못하고 모든 일이 수포로 돌아간다.'

그러자 형사도 더욱 매섭게 나왔다.

"이 새끼, 어디서 거짓말이야! 어디 두고 보자."

일경은 그를 바로 유치장에 가두었다.

윤봉길은 유치장에 갇히자 초조해서 견딜 수가 없었다.

'지금쯤 이흑룡이 신의주역에서 얼마나 기다리고 있을까.'

형사에게 연행되지 않았다면, 지금쯤 그를 만나 만주로 갔고 있을 텐데, 경찰서에 끌려와 심문 받는 자신의 처지가 억울했다. 그리고 무엇보다도 자신의 큰 뜻이 시작부터 시련을 맞고 있어 한스러웠다.

"만주 독립단의 누구와 내통하고 있는지 자백해!"

날마다 형사의 심문은 계속되었다. 똑같은 질문을 몇 번씩이나 반복했다. 어르고 달래는 식의 끈질긴 심문이었다. 때로는 심한 욕설을 퍼붓기도 하고 뺨을 때리기도 했다. 그럴수록 그는 한결같이 잡아뗐다.

"나는 잘못한 것이 없습니다. 나를 재판에 넘기든 감옥에 보내든 마음대로 하십시오."

만약 그처럼 굳은 의지가 아니었다면, 벌써 이흑룡과의 약속을 실토하고 말았을 것이다.

교활하고 끈질긴 일본 형사들도 그의 한결같은 부정에는 어쩔 수 없었다. 그의 입에서 실토가 나오지 않으니, 억지로 죄를 뒤집어씌울 수는 없었던 것이다.

윤봉길은 유치장에 갇힌 지 반 달 만에 무혐의로 풀려났다. 그 사이에 고초는 많았지만, 자신에게 닥친 시련을 이겨내는 단련의 시간이 되었다. 그래서 이번 일은 자신의 의지와 용기를 다지는 기회이기도 했다.

'그래, 잠시의 고통은 나에게 투지를 더욱 불태우게 할 뿐이다!'

10. 뜻이 있으면 길이 있다

경찰서에서 풀려나자, 윤봉길이 들어간 곳은 선천에 있는 정주여관이었다. 그는 우선 이흑룡과 어떻게든 다시 연락을 취해볼 생각이었다. 그래서 서울에서 만나지 못한 사촌동생 윤득에게 편지를 띄웠다. 고향을 떠나 만주로 향하게 된 경위와 선천경찰서에 잡혔던 일을 알리고, 그와의 연락을 부탁했다.

동생의 편지를 기다리고 있던 어느 날 밤이었다. 옆방에서 들리는 대화 소리가 그의 귀를 세우게 했다.

"그동안 너무 성과 없이 시간만 보냈어. 새로운 전기를 마련해야 할 것 같아."

"그렇습니다. 새로운 계기가 필요합니다."

"그렇다고 서둘러서는 안 되겠지요. 조선독립이 하루아침에 이루어질 수는 없으니까요."

세 사람이 나누는 대화였는데, 조선독립이라는 말에 귀가 번쩍 틔었다. 그는 벽에 귀를 바짝 가져다 대고 대화를 계속 엿들었다.

대화의 내용으로 보아서는 독립군과 연관이 있는 사람들임에 틀림없었다. 그러자 한편으로는 반가우면서도 한편으로는 의심이 들었다. 일경이 그를 떠보려고 일부러 꾸민지도 몰랐던 것이다.

대화를 좀 더 엿듣다 보니, 독립단과 연결된 사람들이 분명했다. 누군가 만주로 건너가 독립군과 접선하려는 모양이었다.

이 얼마나 기막힌 우연인가. 옆방의 누군가도 자신과 같은 계획을 하고 있는 셈이었다. 하늘은 스스로 돕는 자를 돕고, 뜻이 있으면 길이 열리는 법이었다.

그는 당장이라도 옆방으로 뛰어 들어가 도움을 청하고 싶었다. 그러나 모르는 사람들에게 함부로 그럴 수는 없었다. 그러다가 오히려 일을 망칠 수도 있었다. 그를 이상하다고 의심할 수도 있었다.

그는 참고, 어떻게 하면 저들에게 자신의 뜻을 알릴 수 있을까 궁리하며 그날 밤을 뜬눈으로 새웠다.

이튿날 아침, 세 사람이 세면장으로 나가는 것 같았다. 그들의 동태를 살피고 있던 윤봉길은 얼른 따라서 방을 나섰다. 그들은 나이 든 중년 한 사람과 청년 두 사람이었다. 그들은 세수를 하려는 참이었다.

그가 어떻게 말을 걸까 기회를 보는데, 그때 마침 심부름하는 아이가 지나갔다. 그때, 세 사람 중의 하나가 아이에게 독촉했다.

"얘야, 오늘 아침상 빨리 올려라."

아침 일찍 외출하는 모양이었다.

윤봉길이 그 기회에 말을 걸었다.

"이곳을 떠나시는가 보군요."

한 여관에 묵는 사람으로 자연스레 건네는 인사였다.

"아니오, 잠시 다녀올 데가 있어서요."

한 청년이 대답했다. 그러면서 청년은 그에게 물었다.

"손님은 언제까지 여기 묵으실 겁니까? 벌써 오래 되신 것 같은데……."

"일경에게 붙잡혀 곤욕을 치르는 바람에 꼼짝없이 발이 묶인 처지입니다."

그의 말에 청년이 관심을 보였다. 그 기회를 놓치지 않고, 그는 다시 말했다.

"왜놈 형사에게 끌려가 보름 동안이나 유치장에 갇혀 있다 나왔습니다."

그는 청년에게 경찰서에서 당한 일을 대강 이야기했다. 그러자 청년이 정색을 하고 물었다.

"아이고, 고생이 많으셨군요. 그런데 어디 가시다가 붙잡혔어요?"

"신의주에 가던 길이었습니다."

"거기는 왜요?"

"누군가와 만나 함께 국경을 넘을 예정이었습니다."

청년은 뭔가 더 물으려다 입을 다물었다. 조심하는 눈치였다.

그날 저녁이었다. 누군가 윤봉길의 방문을 노크했다. 그가 문을 열어보니, 아침에 대화를 나눈 청년이 서 있었다.

"잠깐 들어가도 되겠습니까?"

윤봉길은 얼른 그를 방안으로 들였다.

"저는 김태식이라고 합니다."

청년이 손을 내밀며 인사했다. 윤봉길도 그의 손을 맞잡았다.

인사가 끝나자, 청년은 단도직입적으로 물었다.

"국경을 넘으면 어디로 가실 작정입니까?"

윤봉길은 자신의 품은 뜻을 그대로 밝혔다.

"독립군을 찾아갈 생각입니다."

청년이 윤봉길의 손을 다시 덥석 잡으며 말했다.

"우리는 뜻이 같군요!"

알고 보니, 김태식은 고향이 만주인데, 일본에 유학하여 법학 대학까지 나온 사람이었다. 얼마든지 출세의 길이 열려 있는데도, 독립운동의 길을 택한 그가 윤봉길은 더욱 믿음직스러워 보였다.

한참 대화를 나누다가 김태식이 윤봉길에게 물었다.

"윤 선생은 집안이 넉넉한 편인가요?"

"그렇지 못합니다. 농사를 조금 지을 뿐입니다."

"위로 형님이 계신가요?"

"제가 장남이고, 아래로 동생들이 있습니다."

그러자 김태식의 표정이 흐려졌다.

"그렇다면 조국의 독립을 위해 헌신하는 것도 중요하지만, 다시 한번 생각해 보는 어떨까요?"

"다시 생각하다니요?"

"장남이라면, 우선 한 집안을 이끌어 가야 할 책임이 있잖아요."

김태식의 말도 옳았다. 그러나 윤봉길은 자신의 뜻을 굽히지 않았다.

"김 선생의 말씀이 옳지만, 장남이라고 집안만 생각한다면 나라의 장래는 누가 맡겠습니까."

"그래도 부모님이 계시잖습니까."

"저는 부모와 처자식을 두고 이미 떠나왔습니다."

김태식은 윤봉길의 굳은 뜻을 확인하고 감동을 받은 모습이었다.

"윤 선생의 뜻을 제가 미처 따라가지 못했습니다."

곧 옆방에 있던 두 사람도 건너와 자리를 함께하게 되었다. 두 사람도 물론 뜻을 같이하는 사람들이었다.

네 사람은 처음 만난 사이이면서도 십년지기라도 되는 듯 가까워졌다. 나이 든 쪽은 선우옥이었고, 다른 청년은 한일진이었다.

"윤 동지, 우리는 이제부터 생사를 같이할 사이이니 터놓고 얘기합시다."

선우옥이 연장자답게 대화를 이끌었다.

"김 동지에게 들으니, 왜경에게 잡혀 고생하셨다지요?"

한일진도 인사말을 건넸다.

그날 밤, 네 사람은 밤이 이슥하도록 술잔을 건네며, 흉금1을 털어놓고 이야기를 나누었다.

다음날, 김태식과 한일진이 외출한 뒤였다. 윤봉길은 선

---

1 흉금(胸襟): 마음속 깊이 품은 생각.

우옥과 대화를 나누었다. 그때, 선우옥이 물었다.

"윤 동지, 정말 고향으로 돌아가지 않아도 되겠소?"

"예, 제 길은 이미 결정되었습니다."

윤봉길이 대답했다.

"잘 알겠소."

그러고 나서, 선우옥이 다시 말했다.

"윤 동지의 결심으로 보아 집으로 돌아가지 않을 걸 알겠소. 하지만 당장 만주로 가기보다는 어디 취직을 하고 천천히 기회를 보는 게 어떻겠소?"

"저는 취직을 위해 이곳에 온 것이 아닙니다. 제 소원은 오로지 독립운동일 뿐입니다."

"윤 동지의 충정을 충분히 알겠소. 하지만 그 소원을 이루기 위해서 제안하는 것이오."

그러면서 선우옥이 권한 것은, 우선 자신이 소개한 곳에서 일을 하며, 준비를 더 철저히 한 뒤에 떠나라는 것이었다. 선우옥과 김태식의 권유도 맞는 말이었다. 마음만 앞서 만주에 갔다가 어떤 낭패를 당할지도 모르는 일이었다.

윤봉길은 난생 처음 자신의 뜻을 잠시 접고 선우옥의 말을 따르기로 했다.

"그럼 선생님의 뜻을 따르겠습니다."

"잘 생각했소. 내가 윤 동지의 일자리를 책임지겠소."

그리하여 선우옥이 신의주의 산업조합에 윤봉길의 일자리를 마련했다. 윤봉길은, 일자리가 만주와 가까운 신의주라 그곳에 머물며 정세를 살피는 것도 유익할 것 같았다.

11. 압록강을 건너서

집을 떠난 지 벌써 한 달이 지나가고 있었다. 윤봉길은 고향으로 편지를 썼다.

사랑하는 어머니께

어머니! 부르기는 하였으나, 죄송해서 뭐라 여쭐 말이 나오지 않습니다. 갈뫼는 잘 다녀오셨는지요? 매부 선본다고 멀리 왔으나, 매부를 고를 수 없습니다.

어머니, 제 말을 들으면 어처구니가 없어 웃음 반, 울음 반 가슴이 답답할 것이옵니다. 외람되게 다른 생각을 가지고 집 떠난 이 자식은 고향이 그리워 멀리 남쪽 하늘을 바라보며 제 발길을 멈추었습니다. 남자의 의지로 목적지에 이르지 못해 부끄러워 얼굴이 붉어져서 연필이 바르르 떨립니다.

윤봉길은 편지에 지금까지 있었던 일을 일기 적듯 자세히 적었다. 그리고 정주여관에서 만난 세 사람의 이야기도 알려 드렸다.

필요한 서류 때문에도 더욱 그랬다. 조합에 들어가려면 보증을 서야 하는데, 아버지의 승낙서와 호적 사본, 재산증명서 등이 필요했던 것이다.

그는 서류를 만들어 보내 줄 것을 부탁드리며, 편지 끝에 이렇게 적었다.

　이 편지를 급히 쓰느라 말도 안 되고, 글씨도 우스우니 잘 이해하여 보시옵소서.

그는 편지를 부치고 답장을 기다렸다. 답장은 오래 걸리지 않고 정주여관으로 왔다.

그는 서류를 챙겨 곧바로 신의주로 향했다. 마음이 크게 내키지는 않았지만, 조합에 취직하기 위해서였다.

그런데 그는 신의주에서 이흑룡과 만나게 되었다. 사촌동생으로부터 윤봉길의 딱한 사정을 전해들은 이흑룡이 그리로 달려왔던 것이다. 참으로 눈물겨운 만남이었다. 두 사람은 얼싸안고 감격해 마지않았다.

"그날, 나는 신의주역에서 하루 종일 윤 동지를 기다렸소. 나중에 고향에 알아보니, 집을 떠난 것이 분명해 더욱 걱정이 되었소."

윤봉길은 그동안의 일을 자세히 들려주었다. 이흑룡도 윤신득에게 들어 대강은 이미 알고 있었다.

"그러나 정말 중요한 얘기가 있소."

이흑룡은 아직 김태식과의 일을 모르고 있었다. 윤봉길은 그 이야기를 자세히 들려주었다. 그와 함께 선우옥의 권고로 취직하게 된 것을 알리고, 그의 의견을 물었다.

"아직도 결심이 서지 않는데, 선우옥씨의 선의를 받아들이는 것이 좋겠소?"

그러자 이흑룡이 되물었다.

"윤 동지가 취직하려고 여기까지 온 건 아니잖소?"

"물론이오."

"그럼 뭘 망설인단 말이오."

그것으로 모든 것이 결정되었다. 윤봉길은 처음 약속으로 돌아갔다.

윤봉길이 압록강을 건넌 것은 신록이 깊어지는 봄이었다. 이흑룡은 물론 김태식, 한일진과 동행이었다. 떠나기 전에 선우옥에게 양해를 구했고, 김태식에게 이흑룡을 소개했다.

한만 국경이나 다름없는 압록강을 건너자, 바로 만주땅

이었다. 이흑룡이 그곳 지리에 밝아 국경을 넘는 데는 큰 어려움이 없었다.

타고 가는 남만주 열차 좌우로 끝없는 평원이 이어지고 있었다. 윤봉길은 그 드넓은 땅덩이를 넋을 놓고 바라보았다. 그는 좁은 농촌에서 보잘것없는 농토를 일구던 지난날이 너무도 초라하게 느껴져 탄식이 절로 나왔다.

'아, 정말 장관이로구나! 우리도 이렇게 넓은 땅을 가졌다면 얼마나 좋았을까.'

"뭘 그렇게 생각하시오?"

옆에서 이흑룡이 물었다.

"저 기름진 들판을 보니, 우리 조선의 농민들 생각이 간절합니다."

일찍부터 농촌 부흥운동에 뛰어든 그다운 대답이었다.

"윤 동지는 자나 깨나 농민 생각이구려."

"이 광활한 벌판이 우리 땅이라면 얼마나 좋겠소."

"한때는 우리 땅이었지요. 하지만 지금은 남의 땅이 되었지요. 거기에다 나라의 주권까지 왜놈들에게 빼앗겼으니……."

두 사람은 한참 동안 입을 다물었다. 각자의 생각 속에 빠져들었다. 열차가 계속 달려 나갔다. 한참만에 윤봉길이 혼잣말처럼 말했다.

"모두 되찾아야 합니다. 빼앗긴 주권도, 빼앗긴 땅도 ……."

"그래야지요, 반드시 그래야지요."

이흑룡이 윤봉길을 위로하듯 맞장구를 쳤다.

일행은 중간에서 열차를 내렸다. 독립군의 근거지를 찾아가기 위해서였다. 그곳이 어딘지 윤봉길은 짐작할 수도 없었다.

거기부터는 걸어서 가야 했다. 봄이었지만 만주 벌판의 바람은 차가웠다. 일행은 오랜 강행군 끝에 마침내 어느 독립군 숙영지[1]에 도착했다.

"우리는 독립군의 활동을 둘러보기 위해서 조선에서 건너왔습니다."

그곳 지리에 밝은 김태식이 책임자를 만나 설명했다.

"잘 오셨소. 이곳에 머물며 함께 뜻을 모읍시다."

책임자는 반갑게 그들을 맞았다. 그러나 일행은 처음 찾은 이 독립군 근거지에서 적잖이 실망하고 말았다. 규모도

---

1 숙영지(宿營地): 군대가 병영을 떠나 묵는 장소.

적고, 장비도 부족하고, 체계도 엉성해 보였다. 이렇다 할 지원이 없으니 규모나 장비가 그럴 수밖에 없다 치더라도 너무 초라한 편이었다.

책임자는 이국땅에서 동족을 만나서 그런지, 아니면 일행이 자신의 휘하에 들어왔으면 하는 바람에서인지 그들을 따뜻이 대접하려고 애썼다.

"보기엔 이래도 우리는 용감한 군대요. 일본군과의 싸움에서 여러 번 전과를 올렸다오."

그러면서 은근히 자기 부대를 자랑했다.

"우리 부대는 일본군 가까이 있어, 산속에 본부를 둔 부대와는 비교할 수 없소."

책임자의 기개는 높이 살 만했으나, 아무래도 그곳에 머물기에는 마음이 내키지 않았다.

그날 저녁, 윤봉길은 이흑룡에게 자신의 뜻을 내비쳤다.

"독립군 본부가 이렇게 허술해서야 어떻게 왜놈들을 쳐부술 수 있겠소. 아무래도 안 될 것 같소."

"나도 동감이오. 곳곳에 독립군이 활동하고 있으나, 분산되어 자신들 주장만 고집하다 보니 더욱 힘이 약해졌소."

윤봉길은 실망에 찬 이흑룡을 오히려 위로했다,

"제각기 사정에 따라 흩어진 것은 어쩔 수 없고, 그러자니 자신들의 실정에 따라 독립운동을 펼칠 수밖에 없겠지요."

그 당시 독립군 내부는 민족진영과 공산진영으로 분열되어 파벌싸움이 심했다. 그래서 무장 독립활동이 침체되어 있는 것이 사실이었다. 한때 왕성했던 만주 일대의 독립투쟁이 빛을 잃고, 취약성이 그대로 드러나고 있던 때였다.

첫 번째로 찾은 독립군 부대에서 실망한 일행은 며칠 뒤 부대를 떠났다. 그러면서 그들은 아쉽지만 두 편으로 헤어지게 되었다.

윤봉길과 이흑룡은 김태식, 한일진과 헤어져 하이린으로 향했다. 그곳에는 양세봉 장군이 이끄는 조선혁명군이 있는 곳이었다. 32세의 청년인 양세봉은 조선혁명군 최고 책임자로 명성이 자자했다.

윤봉길은 이흑룡을 통해 양세봉 장군의 활동을 너무도 잘 알고 있었다. 그가 만주로 오게 된 것은 양세봉 장군을 만나고 싶은 것도 한 가지 이유였다.

이흑룡은 양세봉에게 윤봉길을 소개했다.

"독립군 활동을 위해 조선에서 온 청년입니다."

그러자 양세봉은 두 사람에게 이렇게 말했다.

"만주 일대를 돌아보았다니 아마 실망이 클 것이오. 하지만 결코 희망을 버리지는 않았소."

그에 대해 윤봉길이 물었다.

"사령관께서는 이러한 어려움을 어떻게 푸실 작정입니까?"

사령관은 곧바로 대답했다.

"우선 흩어져 있는 동지들을 한데 모아야 합니다. 뭉쳐야 힘이 생깁니다. 거기에다 국내의 인재를 끌어들이고, 중국의 힘도 빌려야 하오."

그의 말대로 만주의 독립군 세력은 분열되어 문제였다. 장군이 말을 이었다.

"그래서 단순한 혈기만으로는 해결될 수 없는 일이오. 꾸준히 힘을 모으고 힘을 길러야 하오."

그의 말이 옳을지도 몰랐다. 그러나 좀 더 급진적인 윤봉길에게는 마음에 차지 않았다. 그래서 이흑룡은 조선혁명군에 남기를 바랐으나, 윤봉길은 그의 뜻에 반대했다.

"좀 더 다른 곳을 찾아봅시다."

두 사람은 조선혁명군을 떠나 다시 만주 일대를 떠돌았다. 그러다가 처음 출발했던 압록강 옆의 단둥으로 돌아왔다. 그곳에서 헤어졌던 한일진과 다시 만났다. 김태식은 어디로 갔는지 보이지 않았다.

세 사람은 앞으로의 일을 다시 의논했다. 만주에 머물 것인가, 중국 본토로 갈 것인가 하는 두 갈래 길이었다.

그 결과, 윤봉길은 아쉽지만 이흑룡과 갈라지게 되었다. 윤봉길은 한일진과 함께 칭다오로 가고, 이흑룡은 조선혁명군 양세봉 휘하로 돌아가기로 한 것이다.

칭다오로 건너간 윤봉길은 우선 일자리를 얻었다. 일본인이 경영하는 세탁소였다. 왜놈 아래서 일하는 것이 내키지 않았지만, 임시정부가 있는 상하이로 가려면 여비를 마련해야 하기 때문이었다. 그리고 한 가지 목적이 더 있었다. 장차를 위해 일본말을 익혀 둘 필요가 있었다.

'그래, 언젠가는 일본말을 요긴하게 쓸 때가 있을지 모른다.'

그는 낮에는 세탁소에서 일하고, 밤이면 교민들을 상대로 강습회도 진행했다. 그리고 만일에 대비해 일본말을 익히는 것을 게을리 하지 않았다.

그러던 어느 날, 그는 고향의 아내가 아들을 낳았다는 소식을 들었다. 떠나올 때 아내는 만삭이었다. 그는 아들의 이름을 '담'이라 지어 보냈다. 그리고 큰아들 종 앞으로 편지를 썼다.

어린 아들 종에게

…… 종아, 너는 아버지가 없는 것이 아니다. 네 아버지는 나라와 민족을 위하여 더 큰 일을 하려고 잠시 네 곁을 떠나 있을 뿐이다. 그리고 너에게는 눈물이 있으면 그 눈물을, 피가 있으면 그 피를 뿌려 가며 너를 훈련시키고 교육시킬 어머니가 있지 않느냐. 어머니의 훈련과 교육으로 성공한 사람은 동서양에 많이 있다. 서양에는 영웅 나폴레옹과 발명가 에디슨, 동양에는 문학가 맹자가 있다.

뒷날 따뜻한 악수와 키스로 만나자.

윤봉길은 이 편지를 칭다오를 떠나면서 고향으로 부쳤다.

12. 상하이의 하늘

1931년 5월 8일, 윤봉길은 상하이에 첫 발을 디뎠다. 그가 꿈에 그리던 임시정부가 있고, 망명객들이 활동하고 있는 곳이었다. 상하이는 과연 그가 보기에 어마어마하게 큰 국제도시였다. 그 도시가 그로서는 낯설기만 할 뿐이었다.

여기에 독립운동가들이 모여들게 된 것은 이유가 있었다. 조계지1를 중심으로 서양 여러 나라의 외교관과 선교사, 언론인, 상인들이 많이 드나드는 곳이라 각종 정보를 수집할 수 있었다. 또 국제 여론을 환기시키는 홍보 활동을 펼 수 있으며, 신변 안전을 어느 정도 보장받을 수도 있기 때문이었다.

상하이에는 두 개의 조계가 있었는데, 영국인이 중심이 되어 통치하는 공동 조계와, 프랑스가 통치하는 프랑스 조계였다.

---

1 조계지(租界地): 외국인 거주 지역.

어쨌든 이곳은, 그가 처음부터 생각한 최후의 목적지였다. 그러나 그를 맞아 주는 사람은 아무도 없었다. 그는 외로이 상하이의 하늘을 우러렀다. 그리고 그 하늘을 향해 고했다.

'나는 왔다. 맞아 주는 사람은 아무도 없으나, 여기 온 것만으로도 너무 벅차다. 여기 내 뼈를 묻으리라."

그러나 그곳은 아는 사람이라고는 아무도 없는 낯선 곳이었다. 어떻게 생활을 시작해야 할지 막막할 뿐이었다.

그런데 하늘의 도움인지, 우연히 선이 닿아 생각지도 못했던 귀중한 사람과 만나게 되었다. 바로 안중근 의사의 동생인 안공근이었다. 평소 존경하던 안 의사의 동생이라 여간 반갑지 않았다. 그리고 그는 임시정부를 맡고 있는 김구의 최측근이었다.

"저는 어릴 때부터 안 의사님을 제 사표2로 삼아 왔습니다. 먼 타국에서 안 선생님을 뵙게 되니 천우신조3인가 합니다."

그러면서 윤봉길은 여기까지 오게 된 사정과 자신의 포

---

2 사표(師表): 학식과 덕행이 높아 남의 모범이 될 만한 인물.
3 천우신조(天佑神助): 하늘이 돕고 신령이 도움. 또는 그런 일.

부를 숨기지 않고 설명했다.

"정말 장한 일이오. 앞으로의 활동을 기대하오."

안공근도 윤봉길의 기개를 칭찬하며 격려를 아끼지 않았다. 그리고 우선 자리가 잡힐 때까지 자기 집에 와 있도록 주선했다.

안공근의 집은 프랑스 조계 안에 있었다. 안공근의 도움으로 거처가 마땅치 않던 윤봉길은 숙식이 해결된 셈이었다.

그뿐만이 아니었다. 그는 상하이에서 공장을 경영하는 교포 실업가 박진에게 윤봉길을 소개했다. 윤봉길은 그 공장에 일자리를 얻었다. 이로서 그는 생활의 안정을 얻었다.

그러나 가슴속 깊이 큰 뜻을 품은 윤봉길로서는 편안하게 하루하루를 보내는 것에 만족할 수 없었다. 그래서 가끔 안공근 앞에서 자신의 뜻을 내비쳤다.

"선생님, 덕분에 생활의 안정을 얻었지만, 조선 독립을 위해 보람 있는 해보려고 여기까지 왔는데, 의식주에 안주하는 것 같아 죄스럽습니다."

그러는 그를 안공근이 위로하며 달랬다.

"윤 동지, 서두르지 말고 때를 기다립시다. 반드시 기회가 올 것이오. 뜻이 있는데 길이 어찌 열리지 않겠소."

그는 이미 독립운동을 여러 해 지켜보고 있어서, 누구보다도 돌아가는 정세를 꿰뚫고 있었던 것이다.

그러던 차에 1931년 7월 2일, 만주에서 완바오산 사건[4]이 터졌다. 만주 완바오산에서 수로 공사를 하다가 조선 농민과 중국 농민 사이에 일어난 충돌 사건이었다. 그런데 일본군이 사이에서 농간을 부려, 서로 간에 피해가 속출하고 감정이 극도로 악화되었다.

이 사건은 국내에도 영향을 미치고, 상하이의 중국인 사회에도 큰 영향을 미쳤다. 그 동안 중국인들은 독립운동을 성원하며 많은 도움을 주었는데, 조선 사람이 일제의 비호를 받으며 행패를 부린 것으로 비쳐져, 조선 사람에 대한 감정이 악화된 것이다.

윤봉길은 신문에 난 기사를 읽고 안공근을 만났다.

"선생님, 이러다가 우리 독립운동의 기지를 잃는 게 아닐까요?"

"기지를 잃다니?"

---

4 완바오산 사건(만보산사건萬寶山事件): 1931년 7월에 중국 지린성(길림성吉林省) 완바오산(만보산萬寶山) 부근에서 관개 수로 때문에 한국과 중국 농민 사이에 일어난 분쟁 사건. 일본의 책동으로 일어나 국내에서 화교에 대한 박해 사건으로 발전하였으며, 일본은 이를 구실로 삼아 만주 사변을 일으켰다.

"독립군의 무대는 만주이고 임정의 거점은 상하이인데, 조선인이 중국인과 등을 진다면 어떻게 지탱하겠습니까."

"완바오산 사건은 나도 염려가 돼요. 왜놈들의 농간에 놀아난 꼴이 되었으니……."

"그렇다면 그대로 두고 볼 게 아니라, 임정에서 무슨 수를 써야 하는 것이 아닐까요?"

"나도 같은 생각이오. 그래서 어제 거류민 단장을 뵈었소."

거류민 단장은 바로 김구를 가리켰다. 윤봉길은 안공근의 뒷말을 기다렸다.

"그 어른께서도 뭔가 필요하다고 하셨소."

"그렇다면 기다릴 게 아니라, 뭔가 행동으로 보여 줄 필요가 있지 않을까요?"

"윤 동지 말대로 뭔가 결단이 필요한 때인 것 같소."

"저는 한낱 시골 청년에 불과하지만, 무슨 일이 있다면 몸을 던지고 싶습니다."

그러자 안공근은 고개를 끄덕이며 혼잣소리처럼 말했다.

"그렇지. 좋은 지도자와 용맹한 청년투사가 만나야지."

그 무렵, 임시정부는 지리멸렬하여 그 활동이 많이 위축되어 있었다. 처음의 왕성하던 활동이 점점 줄어들어 겨우

명맥만 유지하고 있었다. 그것도 김구의 노력으로 간신히 지탱하고 있었다. 따라서 윤봉길의 염려도 클 수밖에 없었다.

그때의 심정이 동생 윤남의에게 보낸 편지에 잘 나타나 있다.

떠돌아다닌 2년을 회상하니 그 감회는 말로도, 글로도 표현하기 어렵다.

변화무쌍한 시국이라 앞날을 점치기 어려워, 바른 길을 찾아 해외로 떠도는 앞날에 행운이 있을지, 불행이 있을지도 모르겠구나.

이번 완바오산 사건만 보아도 삼천리강토5의 고통과 경제적 수탈에서 비롯된 것이며, 민족 차별에서 비롯된 일이다.

그동안 정처 없이 떠돌아다니느라 편지도 못 보냈으나, 지금은 상하이 북영길리 18호에 머물고 있다. 그날그날의 생활은 족하나, 그것도 큰 파도의 한 물거품에 지나지 않으리라.

---

5 삼천리강토(三千里疆土): 우리나라의 강산을 이르는 말.

13. 비밀결사와 김구

윤봉길의 예상대로 큰 파도가 밀려오고 있었다. 그것이 무엇인지 그 자신도 아직은 모르고 있었다.

그 무렵, 침체된 독립운동을 다시 일으켜 세우기 위해 비밀결사가 조직되었다. 바로 한인애국단이었다. 비상한 각오로 침체된 독립운동의 활성화를 꾀한 것인데, 일제에 대한 테러를 목적으로 한 것이었다.

그 책임자는 김구였다. 그리고 그 최초의 거사는 '이봉창의 의거'였다.

1931년 여름, 한 청년이 김구를 찾아왔다. 그는 김구에게 놀라운 제안을 했다.

"제 소원은 일본 천황을 죽이는 것입니다."

"천황을 어떻게 죽인단 말이오?"

"일본에 있을 때, 천황이 능으로 가는 것을 길에 엎드려서 보았는데, 만약 내 손에 폭탄 한 개만 있었으면 죽일 수 있었습니다."

그 청년이 바로 이봉창이었다. 그는 자신의 의지를 이렇게 피력했다.

"제 나이 31세입니다. 앞으로 31년을 더 산다고 하여 더 나은 재미는 없을 것입니다. 인생의 목적이 쾌락이라면, 지난 31년 동안에 인생의 쾌락이란 것을 대강 맛보았습니다. 이제부터는 영원한 쾌락을 위해서 독립 사업에 몸 바칠 것을 목적으로 상하이에 왔습니다."

"지금까지 이 동지 같은 사람을 기다렸소."

김구는 마침 사람을 찾고 있던 중이다. 두 사람의 만남은 드디어 세상을 놀라게 할 일을 일으켰다.

이봉창은, 김구가 마련해 준 폭탄을 가지고 일본으로 건너갔다. 그리고 이듬해 1월 8일, 사쿠다라몽에서 일왕이 탄 마차에 폭탄을 던졌다. 그러나 불행히도 명중하지는 못했다. 이봉창은 그 자리에서 붙잡혔다.

일왕의 암살에는 실패했지만, 이 사건은 세상을 깜짝 놀라게 만들었다. 이봉창의 의거 소식은 중국의 신문을 장식하고, 그 제목은 이랬다.

　- 인 이봉창 일황 저격, 불행히 맞지 않다!

그런데 '불행히 맞지 않다'라는 것이 문제였다. 일본으로서는 너무나 불경스런 말이었던 것이다. 일본인들은 중국 신문사를 습격하여 행패를 부려 수많은 사상자를 냈다.

이 일로 조선인의 독립정신이 살아 있음을 세상에 알렸다. 그리고 완바오산 사건으로 중국인들이 가지고 있던 조선인에 대한 감정을 깨끗이 지울 수 있었다.

윤봉길은 이봉창의 의거를 중국 신문에서 읽으며 큰 충격을 받았다. 그것은 이봉창의 용기에 대한 존경심, 명중하지 못한 안타까움, 자기보다 앞선 데 대한 부러움 등이었다.

그는 공장 일에만 매달려 있는 자신이 불만이었다. 시간만 허비하고 있는 자신이 너무도 초라하게 느껴진 때문이었다.

어느 날, 윤봉길은 일을 끝내고 나오는 길에 동료 이유필과 이봉창 의거를 두고 대화를 나누게 되었다. 그 동료도 안공근과 친한 사람이었다.

"이번 일은 너무나 아쉽지요?"

"이번 일은 비록 실패로 끝났지만, 한인애국단에서 다시 큰일을 벌일 겁니다."

이유필의 입에서 애국단이란 말이 나오자 윤봉길은 슬쩍 떠보았다.

"거기 입단하자면 조건이 까다롭겠지요?"

"목숨을 내놓고 하는 일이니 아무에게나 맡길 수 없겠지요."

이봉창의 의서를 보고 가슴이 들끓은 윤봉길은 애국적 행동에 대한 갈망을 이길 수 없었다. 그래서 애국단에 대한 호기심이 더욱 클 수밖에 없었다.

동료는 그것을 눈치챈 모양이었다.

"그럼 윤 동지도 거기 뜻이 있소?"

"가입할 수만 있다면 그러고 싶어요."

그 얼마 후에, 윤봉길은 다니던 공장을 나와 야채 장사를 시작했다. 그 목적은 두 가지였다.

첫째는 일본인촌을 야채 장수로 돌아다니다 보면, 어떤 정보를 수집할 수 있으리라는 것과, 둘째는 그 정보를 가지고 김구를 찾아가려는 것이었다.

그는 낮이면 공동조계의 골목길을 누비며 채소 장사를 했다. 자연 여러 사람을 접하면서 세상 돌아가는 이야기에 귀를 기울였다.

그의 소식은 곧 안공근의 귀에 들어갔다. 안공근은 김구를 만나 윤봉길의 존재를 알렸다.

"호가 매헌이고, 성삼문의 절개를 이어받은 보기 드문 젊은이입니다."

마침내 윤봉길과 김구의 만남이 이루어졌다. 너무도 우러렀던 김구요, 기다렸던 기회였다. 윤봉길은 자신의 각오를 김구에게 말했다.

"선생님, 저는 가슴 속에 폭탄을 간직하고 있습니다. 이 폭탄을 조국의 독립을 위해 쓰도록 해주십시오."

안공근으로부터 윤봉길의 이력을 들어서, 김구는 이미 그 사람됨을 짐작하고 있었다.

"장하오, 윤 동지. 하늘이 우리에게 윤 동지를 보낸 것 같소."

"저는 큰 뜻을 품고 이곳까지 왔으나, 아무리 생각해도 죽을 자리를 구할 수 없을 것 같습니다. 하지만 도쿄 사건과 같은 계획이 계시다면……."

"뜻이 있으면 일도 이루니 안심하시오. 내 연구하는 일이 있으나, 마땅한 사람을 구하지 못해 걱정하던 참이었소. 일이 진척되는 대로 나중에 자세히 협의합시다."

김구와의 만남으로, 윤봉길은 자신의 앞길에 이정표가 마련된 듯했다. 초조하고 암울했던 긴 터널에서 출구의 빛을 보는 느낌이었다. 그는 살아서 독립을 구하지 않고,

입으로 독립군이 되지 않겠다는 것을 다시 한번 다짐했
다.

　윤봉길은 그날의 만남 이후, 김구에 대한 존경을 아래와
같은 시로 표현했나.

　　높고 웅장한 청산이여, 만물을 품어 기르도다.

　　울창한 소나무여, 사시장철 변함이 없도다.

　　맑고 빛나는 봉황의 날개여, 천 길 높이 날아오르도다.

　　온 세상이 모두 흐림이여, 선생 홀로 맑도다.

　　늙을수록 더욱 강건함이여, 선생의 의기뿐이로다.

　　참고 견디며 원수 갚으려 함이여, 선생의 참된 정성이로다.

14. 거사, 무르익다

어느 날, 윤봉길은 그날도 공동 조계를 돌고 있었다. 그때, 갑자기 귀를 찢는 호각소리가 들렸다. 걸음을 멈추고 바라보니, 일본군 장군이 탄 자동차가 달려갔다.

"나쁜 놈들 같으니! 남의 나라에서 주인처럼 요란을 떨다니."

그는 혼자 중얼거렸다. 그러면서 문득 그 차에 시라카와 대장이 타고 있는지도 모른다는 생각이 들었다.

그 무렵, 상하이에서 중국군과 일본군 사이에 전투가 벌어지고, 그가 새 일본군 사령관으로 와서 전투에서 승리했던 것이다.

'가소로운 놈! 하늘 무서운 줄 모르는구나.'

윤봉길은 멀리 달려가는 차를 향해 눈을 흘겼다.

며칠 후, 중국 신문을 펼쳐 든 윤봉길은 한 곳에 시선이 못 박혔다. 다가오는 4월 29일, 일본 천황 히로히토의 생일인 천장절에 대대적인 경축행사가 열린다는 기사였다. 그 행사는 상하이 전투 승전 축하 행사까지 겸한다는 것이었다. 장소는 홍커우공원이었다.

일본인이라면 누구나 식장에 참석할 수 있고, 도시락과 물통을 휴대할 수 있으며, 일장기를 반드시 들고 와야 한다는 것이었다.

윤봉길은 그 길로 김구에게 달려갔다.

"선생님, 드디어 때가 왔습니다."

마침 김구도 신문을 보고 있었다. 김구가 윤봉길의 얼굴을 쳐다보았다. 두 사람의 시선이 허공에서 마주쳤다. 그리고 그 시선 속에 번쩍 불꽃이 튀었다.

"선생님, 다시없는 기회입니다. 가슴속에 폭탄을 품고 바로 이날을 기다렸습니다."

마침내 두 사람은 손을 덥석 잡았다.

"하늘이 내려주신 기회요. 이 일을 할 사람은 윤 동지뿐이오."

"이 일에 제 목숨을 바치겠습니다."

한참 뒤, 두 사람은 구체적인 거사 계획에 들어갔다.

가장 중요한 문제는 성능 좋은 폭탄이었다. 여러 명의 일본군을 쓰러뜨리려면, 그것이 필요했다.

"선생님, 그런 폭탄을 구할 수 있을까요?"

"그 걱정은 마오. 내가 준비하겠소."

김구는 다시 한번 윤봉길의 얼굴을 올려다보았다.

"다시 묻겠소. 윤 동지, 정말 이 일을 하겠소?"

"선생님, 제 결심을 믿지 못하십니까?"

"아니오. 하지만 윤 동지는 아직 젊고, 고향에는 부모와 처자식이 있지 않소."

"선생님, 제 목숨은 이미 조국에 바쳤습니다."

"윤 동지의 뜻을 잘 알겠소. 모든 준비는 내가 알아서 하니 걱정 마시오."

김구는 품속에서 돈을 꺼내 윤봉길에게 건네며 말했다.

"우선 이 돈으로 신사복 한 벌을 사시오. 의거 당일 일본인 행세를 하려면, 신사복이 필요할 것이오."

김구는 헤어지면서 윤봉길에게 당부했다.

"오늘 우리가 나눈 얘기를 아무에게도 발설하지 마시오. 왜놈들 밀정이 도처에 깔려 있소."

김구는 그 길로 김홍일을 찾아갔다. 그는 중국군 고급장교로 있는 우리 동포였다.

"김 동지, 또 폭탄이 필요해서 왔소."

이봉창 의거 때 쓴 폭탄도 김홍일이 마련해 준 것이었다. 그때보다도 더 위력이 센 폭탄이 필요했다.

"어디에, 어떤 용도로 쓰실 겁니까?"

김홍일이 호기심이 담긴 얼굴로 물었다.

김구는 거사 계획을 밝히고, 그에게 전문적인 의견을 구했다.

"그렇다면 도시락과 물통에 폭탄 장치를 해야 되겠군요."

"그렇소."

"지난번에 일본 병기창을 폭파하려고 준비한 폭탄이 있는데, 그걸 바꾸면 적당할 것 같습니다."

며칠 후, 김구에게 거사에 필요한 폭탄의 성능을 실험하니 오라는 전갈이 왔다. 김구는 윤봉길을 데리고 공병창으로 갔다. 그 자리에는 김홍일 외에 중국인 기술자도 대기하고 있었다.

제조한 폭탄은 두 가지 형태였다. 하나는 물통 형태고, 하나는 도시락 형태였다. 그리고 실험장은 지하 토굴 속에 설치되어 있었다.

먼저 토굴 속에 설치된 철판 칸막이 속에 폭탄을 넣어 두고 뇌관에 연결된 줄을 당겨 폭발력의 강도를 실험했다. 폭발력이 굉장했다. 몇 차례 거듭된 실험에도 실패가 없었다.

이번에는 윤봉길이 직접 던지는 연습을 세 차례나 실시했다. 5센티 두께의 철판이 부서져 나갔다. 그는 너무도 기뻐 환호성을 질렀다.

"선생님, 대만족입니다. 정말 대단합니다! 이것만 있으면 시라카와를 잡을 수 있습니다."

그러나 그 폭탄은 윤봉길 자신의 목숨도 빼앗아 갈 것이었다. 두 개의 폭탄 중 하나는 자폭을 위한 것이었다. 그럼에도 그렇게 기뻐하는 윤봉길을 보고, 김홍일은 감탄을 금할 수 없었다.

'이 사람이야말로 애국의 화신1이구나!'

김홍일은 옆에 있는 김구에게 말했다.

"선생님, 이번 거사는 틀림없이 성공할 것 같습니다."

실험은 대성공이었다.

---

1 화신(化身): 어떤 추상적인 특질이 구체화 또는 유형화된 것

15. 선서식

1932년 4월 26일, 상하이 거류민단 사무실. 정면에 대형 태극기가 걸려 있었다.
윤봉길은 태극기 앞에 서서 선서문을 읽었다.

선서문
나는 참된 정성으로 조국의 독립과 자유를 회복하기 위하여 한인애국단의 일원이 되어, 중국을 침략하는 적의 장교를 죽이기로 맹세합니다.

대한민국 14년 4월 26일 선서인 윤봉길
한인애국단 앞

윤봉길은 선언문 낭독이 끝나자 태극기 앞에서, 선언문을 앞에 두고, 한쪽 손에 수류탄을 치켜든 채 사진을 찍었다. 그리고 김구와 함께 기념 촬영을 했다.
"윤 동지, 이제 거사만 남았소."
김구의 목소리가 감동으로 떨렸다.

"선생님, 저는 이날을 얼마나 기다렸는지 모릅니다. 이날을 위해 고향을 떠나 여기까지 왔습니다."

감격에 겹기는 윤봉길도 마찬가지였다.

선서식을 마친 다음 날, 윤봉길은 거사 장소인 홍커우공원을 답사했다. 천장절 행사장을 미리 둘러보기 위해서였다. 폭탄을 던지려면, 그 지형을 숙지할 필요가 있었던 것이다.

때는 봄이었고, 공원에는 새로 돋아난 잔디가 푸르렀다. 그 잔디의 새싹을 밟으며, 그는 생각했다.

'보라, 내가 밟는 잔디 중에 그 잎이 다시 일어나는 것도 있고, 다시는 일어나지 못하는 것도 있다. 인간 또한 강한 자에게 짓밟히면 이와 무엇이 다르랴. 우리는 반드시 다시 일어나야 한다!'

자신이 하려는 일은 잔디의 잎을 다시 일으켜 세우기 위한 행동이었다. 거사의 성공을 다짐하면서도, 그는 어쩔 수 없이 슬픈 생각이 들었다. 그는 그런 감정을 시로 읊었다.

공원을 거닐며

쓸쓸한 방초여,
내년에 봄이 오면

귀한 손님과 더불어 오너라.

푸르른 방초여,

내년에 봄이 오면

고려 강산에도 다녀가거라.

다정한 방초여,

금년 4월 29일에

폭탄 소리로 맹세하자.

그는, 용감한 투사이면서 섬세한 시인이었다. 이 노래는 그의 의기와 감성이 함께 어우러진 절창이었다. 그래서 마지막 유언이면서 거사의 노래이기도 했다.

공원에는 천장절 행사를 위한 식장 설치가 한창이었다. 식장 중앙에 높다란 식단을 설치하고 있었다.

'그래, 행사 당일에 저 식단 위에 그자가 올라가겠지.'

윤봉길이 이런 생각을 하고 있는데, 갑자기 호루라기 소리가 요란하게 들리더니, 한 떼의 일본군이 설치 중인 식장에 나타났다.

그는 호기심에 가까이 다가갔다. 그런데 참으로 공교로운 일이었다. 거기 생각지도 못한 인물이 있었다. 바로 시라카와 대장이었다!

그는 놀라 다시 보았지만, 틀림없는 그 자였다. 미리 사진을 입수하여 눈에 익혔던 바로 그 얼굴이었다. 그는 온몸의 피가 거꾸로 치솟고 가슴이 펄떡펄떡 뛰었다.

'아, 지금 폭탄이 있으면 얼마나 좋을까! 저놈을 당장 죽일 수 있을 텐데.'

그는 바로 눈앞에 적을 두고, 자신의 손에 폭탄이 없는 것이 너무도 안타까웠다.

그는 돌아오자, 공원에서 있었던 일과 억울했던 심정을 김구에게 말했다.

"선생님, 오늘 공원에 가서 식장 설치를 구경하는데, 시라카와란 놈이 왔지 뭡니다. 바로 눈앞에 그놈을 두고, 폭탄이 없어 죽이지 못한 것이 너무도 안타까웠습니다."

그러자 김구가 말했다.

"그게 무슨 소리요? 포수가 꿩을 쏠 때는 날게 하고 쏘는 법이며, 자고 있는 사슴은 달리게 한 뒤에 쏘는 법이오. 그게 다 사격의 즐거움을 더하기 위한 것이오. 아무래도 내일 성공할 자신이 없는 게 아니오?"

"아닙니다. 그놈을 보니 불현듯 그런 생각이 든 것뿐입니다."

그런 윤봉길에게 김구가 다시 말했다.

"이번 일이 성공할 것을 나는 확신합니다. 윤 동지가 내 말을 듣고 가슴의 번민이 그치고 편안해졌다는 게 그 증거요."

독립운동을 위해 기꺼이 자신의 목숨을 내놓은 젊은 윤봉길의 의기와, 일생을 바쳐 그 운동을 이끌어 가는 이든 독립운동가의 모습이 참으로 잘 어울리는 장면이었다.

16. 마지막 남긴 말

윤봉길이 머물고 있는 동방여관 그의 방은 말끔히 치워져 있었다. 거사 당일에 입고 나갈 양복이 걸려 있고, 앉은 뱅이책상 위에 종이와 연필이 놓여 있었다. 이미 자질구레한 소지품과 기록물들을 처리한 뒤였다.

그는 책상 앞에 앉았다. 김구가 당부한 글을 쓰기 위해서였다.

"윤 동지, 살아남을 우리들을 위해 무슨 말이든 남겨 주시오."

김구는 유서라는 말은 차마 입에 올리지 못했다. 그것을 눈치 못 차릴 윤봉길이 아니었다.

이틀 후면 운명의 날이었다. 그는 책상 앞에 앉아 잠시 생각에 잠겼다. 멀리 떨어진 고향의 부모, 아내, 그리고 아이들의 얼굴이 떠올랐다. 특히 그가 고국을 떠난 뒤에 태어난 막내의 얼굴은 본 적도 없었다.

살아서는 영영 다시 볼 수 없는 사람들이었다. 아무리 조국의 광복을 위해 목숨을 바치기로 단단히 맹세한 그였지만, 슬픈 생각이 들지 않을 수 없었다. 그러나 오래 그런 감정에 젖어 있을 수 없었다.

그는 집을 떠날 때 남긴 글귀와 맹세를 다시 떠올렸다. 살아서 돌아오지 않으리라!

'그래, 살아서 돌아가지 않으리라. 그 약속을 지키게 되어 다행일 뿐이다.'

그는 곧 자신의 25년 생애를 돌아보며 '자서 약력'을 쓰기 시작했다. 자신이 살아온 자취를 돌아보는 간략한 자서전인 셈이었다.

23세, 날이 가고 해가 갈수록 우리의 압박과 우리의 고통은 증가할 따름이다.

나는 여기에 한 가지 각오가 있었다.

솔직히 말하자면, 뻣뻣이 말라 가는 삼천리강산을 바라보고만 있을 수가 없었다.

물과 불에 빠진 사람을 보고, 그대로 태연히 앉아 볼 수는 없었다.

여기에서 각오는 별것이 아니다.

나의 강철 주먹으로 적을 즉시 부수려 한 것이다.

이 주먹은 관 속에 들어가면 아무 소용이 없다.

늙어지면 쓸 수 없다.

내 귀에 쟁쟁한 것은 상하이 임시정부였다.

많은 말이 필요 없음, 이 각오로 상하이를 목적하고 사랑스러운 부모형제와 아내와 아이들과 고향산천을 버리고,

쓰라린 가슴을 부여잡고 압록강을 건넜다.

그는 출사표' 서두를 이렇게 써내려갔다.

약력의 기록이 끝나자, 그는 다시 두 아들에게 당부의 글을 썼다.

강보에 싸인 두 병정에게

- 두 아들 모순과 담에게

너희도 만일 피가 있고 뼈가 있다면

반드시 조선을 위해 용감한 투사가 되어라.

태극의 깃발을 높이 드날리고

나의 빈 무덤 앞에 찾아와 술 한 잔을 부어 놓아라.

그리고 너희들은 아비 없음을 슬퍼하지 마라, 어머니가 있으니.

어머니의 교양으로 성공한 사람을 동서양 역사상에 보건대

동양으로 문학가 맹자가 있고,
서양으로 프랑스 혁명가 나폴레옹이 있고,
미국의 발명가 에디슨이 있다.
바라건대 너희 어머니는 그의 어머니가 되고,
너희들은 그 사람이 되어라.

이 글에서, 그는 두 아들을 병정으로 표현하고 있다. 두 아들도 자신처럼 굳센 투사가 되어 적과 싸우라는 뜻이 담겨 있었다. 과연 애국의 화신다운 표현이었다.

그리고 나서 다시 청년들에게 호소하는 글을 썼다.

청년들에게

피 끓는 청년들은 아는가.
무궁화 삼천리 우리 강산에
왜놈들이 왜 와서 설쳐대나.
피 끓는 청년들은 모르는가.
되놈은 되와서 되가는데
왜놈은 왜 와서 아니 가나.
피 끓는 청년들은 잠자는가.

동천1에 서광2은 점점 밝아 오는데
조용한 아침이나 광풍이 일어날 듯
피 끓는 청년들아, 준비하세.
군복 입고, 총 메고, 칼 들며
군악 나팔에 발맞추어 행진하세.

그때, 기침 소리와 함께 김구가 들어왔다.

"방이 깨끗하구려."

"예, 미리 정리했습니다."

"잘했소. 윤 동지의 마음 말고는 남길 필요가 없소."

"선생님 덕택에 모든 준비가 끝났습니다."

"윤 동지, 고맙소."

"고맙다는 말씀은 제가 드려야 합니다. 저에게 길을 열어 주셨으니까요."

"그 길이 죽음의 길이라 마음이 편치 못하오."

그러면서 김구는 윤봉길의 얼굴을 살폈다. 비록 조국을

---

1 동천(東天): 동쪽 하늘.
2 서광(曙光): 상서로운 빛.

위한 위대한 죽음이지만, 그로서는 젊은 청년에게 미안한 마음이 들지 않을 수 없었다.

"선생님, 저는 기쁘기 한량없습니다. 제가 바라던 길이 바로 이 길이니까요."

윤봉길은 마지막 말을 적은 수첩을 김구에게 건넸다.

"시간이 있었으면 더 잘 쓸 수 있었을 텐데요."

김구는 윤봉길이 남긴 글을 읽으며 말했다.

"윤 동지는 글을 어떻게 이렇게 잘 쓰오. 좋은 세상이었으면, 훌륭한 문학가가 되었겠소."

4월 29일 새벽, 윤봉길은 보통 때보다 일찍 눈을 떴다. 창문을 열고 하늘을 살폈다. 잔뜩 흐린 하늘이었지만, 비는 내리지 않았다.

그는 일단 안심했다. 날씨가 좋아야만 오늘의 거사가 순조롭게 진행될 수 있다. 만약 비라도 쏟아진다면, 홍커우공원 행사가 취소될 수도 있고, 계획한 일이 차질을 빚을 수도 있는 것이다.

그는 김구가 일러준 대로 아침 식사를 함께하기 위해 김산해의 집으로 향했다.

집주인은 오늘의 일을 까맣게 모르고 있었다. 김구가 알려 주지 않은 것이다. 그냥 윤봉길이 만주로 가는 줄만 알고 있었다.

집주인은 김구의 부탁대로 고깃국을 끓여 내왔다. 그리고 전날 김구가 맡긴 도시락과 물통 폭탄을 들고 나와 조심스럽게 말했다.

"선생님, 상하이에서도 할 일이 많은데, 왜 윤 동지를 다른 곳에 보내려 하십니까?"

김구가 이렇게 대답했다.

"맡긴 이상 윤 동지가 알아서 하겠지. 어디서 무슨 소리가 터지는지 들어나 봅시다."

식사를 함께 하면서, 김구는 윤봉길의 얼굴을 살폈다. 그는 태연히 식사를 들고 있었다. 그 모습이 너무도 담담하여 평소와 조금도 다르지 않았다.

그때, 7시를 알리는 괘종소리가 들렸다. 윤봉길이 자신이 차고 있던 회중시계를 꺼내 김구 앞에 내밀었다.

"선생님, 선서식 후에 6원을 주고 산 것입니다. 선생님의 시계는 2원짜리니 제 시계와 바꾸시지요."

김구는 말없이 윤봉길의 시계를 받고 자신의 시계를 건넸다.

그것은 둘도 없는 유품이자 기념품이었다. 김구는 뒷날

을 위해 그것을 간직할 생각이었다.

윤봉길이 먼저 자리에서 일어났다. 표정 하나 변하지 않은 침착한 모습이었다. 김구도 따라 일어났다. 두 사람은 모든 감정을 가슴에 가둔 채, 말없이 밖으로 나갔다.

윤봉길은 택시를 잡았다. 그는 택시에 올라 떠나려는 찰나, 주머니의 돈을 꺼내 김구에게 건넸다.

"약간의 돈은 필요하지 않겠소?"

"아닙니다. 택시비를 내고도 5, 6원이 남겠습니다."

이윽고 택시가 움직였다.

김구가 울먹이는 소리로 말했다.

"윤 동지, 뒷날 지하에서 만납시다."

그러자 차창 밖으로 고개를 내밀고 윤봉길이 외쳤다.

"선생님, 부디 안녕히 계십시오."

17. 홍커우공원의 폭발

윤봉길이 홍커우공원에 도착한 것은 7시 30분경이었다. 그는 말끔한 신사 차림이었다. 굵은 테 안경에 새 양복, 새 구두, 거기에다 스프링코트까지 걸쳤다. 누가 봐도 당당한 일본인으로 볼 만했다.

그는 어깨에 수통을 메고, 한쪽 손에 도시락을 들고 있었다. 그리고 다른 한 손에는 일장기를 쥐고 있었다.

한참 뒤, 그는 공원 정문을 들어섰다. 그러자 지켜 섰던 중국인 수위가 입장권을 요구했다.

"나는 일본인이오. 입장권이 왜 필요하오?"

윤봉길은 유창한 일본말로 몰아세웠다. 일찍이 독학으로 익히고, 칭따오의 일본인 세탁소에서 익힌 일본말이었다. 그는 오늘같이 요긴하게 쓰일 날이 올 것을 미리 알고 있었다. 그래서 더욱 철저히 준비했던 것이다.

수위가 그대로 통과시키고, 함께 있던 일본인 경호원들도 의심하지 않았다. 하늘이 도운 셈이었다.

공원 안에는 벌써 많은 사람들이 들끓고 있었다. 식단 주

위에는 진행 요원들과 기마 경비병들이 부산하게 움직였다.

9시 30분이 되자 열병식이 시작되었다. 만주를 침략하고, 상하이에서 중국군을 제압한 일본군이 승전 축하의 행사를 요란하게 벌이자, 식장을 가득 메운 일본 거류민들이 일장기를 흔들며, 공원이 떠나갈 듯 환호성을 질렀다.

그때, 사열하는 시라카와 대장의 모습이 윤봉길의 눈에 잡혔다. 그는 먼발치로 위용을 뽐내는 그를 바라보며 속으로 부르짖었다.

'그래, 승전을 맘껏 즐겨라. 네놈이 승장인지 패장인지 내가 보여 주마!'

요란한 열병식이 두 시간이나 계속되었다. 거기에 동원된 일본군이 1만 명이었다. 침략군의 위용을 경축일을 맞아 맘껏 뽐내고 있었다.

열병식1이 끝나자 마침내 천장절 행사가 시작되었다. 11시 30분이었다.

열병식에 참가했던 일본군 지휘관들과 관의 대표들이 미

---

1 열병식(閱兵式): 정렬한 군대의 앞을 지나면서 검열하는 의식.

리 설치된 식단 위로 올라갔다. 단상에 상하이 파견 일본군 총사령관 시라카와 육군대장, 해군 총사령관 노무라 중장이 중앙에 자리 잡고, 그 좌우로 제9사단장 우에다 중장, 주중공사 시게미쓰, 거류민단장 가와바타, 상해총영사 무라이, 민단 간부 도모노 등 침략의 원흉들이 늘어섰다.

그리고 중앙의 식단을 중심으로 앞쪽 좌우로 일본군 장교들이 늘어서고, 전면 중앙에는 일본인 재향군인과 의용대와 소학생들이 늘어섰다.

또한 식단의 뒤쪽에는 바로 뒤에 위병들을 배치하여 식단을 호위하도록 하고, 반경 19미터의 반원형으로 헌병들을 2열로 배치하여 3중의 삼엄한 경계를 펴도록 했다.

일반관람석은 식단으로부터 20미터 밖에 차려져 있었다. 거기에 동원된 거류민이 또 1만 명이었다. 그래서 행사에 참석한 인원이 모두 2만여 명이었다.

윤봉길은 앞쪽에서 자리를 옮겨, 식단 뒤쪽으로 가서 기회를 노렸다. 앞쪽은 사람이 너무 많고 식단과의 거리도 멀었다.

흐린 하늘에서 비가 내리기 시작했다. 그래도 행사는 계속되었다.

이윽고 국가를 부를 차례였다. 단상의 인물들과 참석자

들이 모두 일어섰다. 그리고 군악대 반주에 맞춰 기미가요[2]를 부르기 시작했다. 모두들 엄숙하게 국가를 부르느라 옆 사람에게 한눈을 팔 겨를이 없었다.

윤봉길은 이때다 하고 폭탄의 안전핀을 뽑았다. 그리고 앞으로 달려 나가며, 단상을 향해 물병 폭탄을 힘껏 던졌다. 폭탄은 단상 정중앙으로 날아갔다.

"쾅!"

폭음과 함께 불꽃과 연기가 솟고, 단상은 금방 아수라장이 되었다. 이때가 11시 50분경이었다.

윤봉길은 순간적으로 자신이 던진 물통 폭탄이 성공적으로 폭발했다는 것을 확신했다. 그리고 계획대로 스스로를 날려 버리기 위해 도시락 폭탄을 터뜨리려 했지만, 그것만은 성공하지 못했다. 누군가에 의해 제압당하고 만 것이다. 그를 덮친 자는 사복 경호원이었다.

그러나 그는 소리를 지를 수는 있었다. 사람들이 그의 입까지 막을 수는 없었던 것이다. 그는 장터의 만세운동을 보

---

2 기미가요(君が代): 이전에, 일본의 국가(國歌)를 이르던 말. 일왕을 찬양하는 내용이 담겨 있으며, 특히 일제 강점기에는 황민화 정책의 하나로 이 노래를 조선인에게 강제로 부르게 하였다.

면서 다짐했던 대로 맘껏 부르짖었다.

"대한독립 만세! 대한독립 만세! 대한독립 만세!"

뒷날, 현장에 있던 외국인 기자들의 증언에 따르면, 이때의 윤봉길의 모습은 마치 성난 사자처럼 용맹스럽고 당당했다고 한다.

이 거사로 단상에 올라가 있던 7명 전원이 폭탄 세례를 받았다. 그 결과, 시라카와 대장은 30군데 파편을 맞고 끝내 목숨을 잃었고, 거류민단장은 치명상으로 이튿날 죽고, 해군 총사령관은 한쪽 눈을 잃고, 제99 사단장은 한쪽 발을 잃고, 주중공사는 한쪽 다리를 절단하고, 총영사는 전치 3주, 민단 간부서기장은 전치 6주의 중상을 입었다.

정오가 되자, 윤봉길의 의거는 상하이 시내를 발칵 뒤집어 놓았다. 홍커우공원의 폭발 소리는 온 시내를 울리고도 남았다. 그 울림은 국내는 물론 세계로 퍼져 나갔다.

동아일보가 제일 먼저 이 소식을 동포에게 호외로 알렸다.

－ 천장절 축하식 거행 중 수류탄 투척. 범인 현장에서 체포.정확하지 못한 내용이었지만, 이 소식이 전해지자 온 나라가 벌집을 쑤신 듯 들끓었다. 자세하지는 않지만, 폭탄

투척자가 윤봉길이라고 거론되자, 더욱 관심이 커질 수밖에 없었다.

사건 이틀 후에 정확한 기사가 대서특필되었다.

- 홍커우공원 천장절 경축행사에 폭탄 폭발, 상하이 재류 문무대관 다수 살상, 한인 윤봉길 소행 판명.

이 소식은 국내만 들끓게 한 것이 아니었다. 중국, 일본은 물론 뉴욕, 런던의 유명 신문에도 기사로 떴다.

한 일본인 기자는 다음과 같이 상황을 설명했다.

······이때였다. 돌연 정면에 일렬로 늘어선 대표 인물들 뒤에서 굉장한 폭음과 함께 흰 연기와 불꽃이 솟아올라 단상을 덮는 찰나, 단상 가까이 있던 기자가 큰 사건이 터졌다고 생각하는 순간, 단상에 나란히 서 있던 우리 군관빈 대표자는 그 자리에 넘어졌고, 시라카와 사령관이 비틀거리며 얼굴에 흐르는 피를 두 손으로 누르고 단을 내려오려 하는 것이 보였다. 경축 식장은 아수라장이 되어 대혼란에 빠졌다. 이 무서운 순간을, 학생들을 비롯한 상하이 일본인들이 모두 목격했다.

상하이에는 계엄령이 선포되고, 일본 헌병들은 공범자를 잡아들이는 데 혈안이 되었다.

일제의 검거 바람으로 애꿎은 사람들이 피해를 입자, 김구는 마침내 자신이 책임자임을 세계에 알렸다. 그는 미국인 피치의 집에 몸을 숨겨 다행히 검거를 피할 수 있었다.

공산주의자의 소행으로 짐작하고 있던 일제는 당황하여, 김구 목에 60만 원의 현상금을 걸었다.

한편, 상하이 의거의 주인공이 윤봉길로 판명되자, 그의 고향 시량리도 발칵 뒤집혔다. 날벼락이 떨어진 것이다.

일본 경찰이 떼로 몰려와 가택수색을 했다. 아버지 윤씨는 마당에 꿇어앉힌 채 문초를 당했다.

"이놈아, 자식을 어떻게 길렀기에 역적질을 하느냐? 역적 자식을 두었으니 네놈도 역적이다!"

하필 자기 지역에서 독립투사가 나왔으니, 당장 상부에서 무슨 불벼락이 떨어질지 모르는 일이었다. 더구나 윤봉길은 진작부터 항일 정신을 가르치고 있었던 것이다.

결국 아버지, 어머니, 남동생 등이 경찰서로 끌려가 고초를 겪고, 역적의 집안으로 낙인이 찍혀 감시와 냉대가 이만저만이 아니었다.

그뿐만이 아니었다. 어린 아들 종은 학교에 갔다가, 일본인 교사로부터 '조선에서 제일 나쁜 놈의 아들'이라는 말을 듣고 울며 돌아왔다.

18. 되살린 불길

의거 현장에서 체포된 윤봉길은 일본군 헌병대로 끌려갔다.

"이 악독한 반역자!"

그는 심문받기 전에 혹독한 폭행부터 당했다. 현장에서 붙잡힐 때도 군중들에게 짓밟혀 안경도 날아가고 없었다.

취조관의 관심은 오직 배후였다.

"누가 시켜서 한 짓이냐? 배우를 대라."

"내가 한 일은 정의감의 발로로 내 스스로 한 일이다."

그가 잡아떼자, 심한 고문이 뒤따랐다.

"이래도 불지 않을 테냐?"

"구차스럽게 더 묻지 말라! 죽이든 살리든 너희들 맘대로 하라."

악명 높은 일본 헌병도 그의 입을 열게 할 수 없었다. 그의 주장은 가혹한 고문 속에서도 한결같았다.

"조국의 독립을 위해 내가 결정하고, 내가 행했을 뿐이다."

그때 마침 김구의 성명서가 발표되었다.

……우리 한인애국단 단원 윤봉길 의사가 4월 29일, 홍커우 공원에서 왜적의 요인들을 살상했으나, 우리는 아무 발표도 하지 않았다. 적은 이상한 소문을 퍼뜨려 한국인을 손에 잡히는 대로 체포했다.

왜적은 이 사건의 책임을 중국에 전가하고, 외교상의 구실로 삼으려 해서 더 이상 함구할[1] 수 없게 되었다.

그런 까닭으로 한인애국단 단장 김구는 홍커우공원 폭탄 사건에 대한 성명서를 발표하여 적의 가면을 벗기고자 한다.

그러자 일본헌병대는 배후[2]를 숨겼다고 다시 윤봉길을 괴롭혔다.

"이렇게 배후가 있었는데도 왜 우리를 속였나?"

윤봉길은 의연하게 대꾸했다.

"그렇게 성명서를 냈다면, 그렇게 믿으면 되지 않소. 나

---

1 함구(緘口)하다: 말하지 아니하다. 입을 다문다는 뜻에서 나온 말이다.
2 배후(背後): 어떤 일의 드러나지 않은 이면.

는 어디까지나 내 신념으로 폭탄을 던진 것뿐이오. 누가 시켜서 했다고 변명하기 싫소."

그러나 취조관들은 물러서지 않았다. 그들이 파악하고 있던 독립운동가와의 접선 사실을 캐물었지만, 그는 일절 모른다고 대답할 따름이었다.

그러자 그들은 다시 그를 회유하고 나섰다.

"너는 농촌의 순박한 청년인데, 김구 일당의 꾐에 빠져 일을 저지른 게 아니냐. 솔직히 고백하면, 너를 살려줄 수 있다."

그는 그런 취조관을 오히려 나무랐다.

"나를 업신여기지 마시오. 목숨을 구걸하려고 내 자신을 팔란 말이오?"

마침내 그해 5월 25일에 상하이 파견 군법회의에서 첫 공판이 열렸다. 사건이 터진 지 27일 만에 이루어진 판결이었다.

  - 피고인 윤봉길 사형!

민간 법정이 아닌 군법회의여서 단심제였다. 그것이 최종 판결이었다.

이 자리에서 윤봉길은 최후 진술을 했다. 그는 이미 사형 선고를 예견하고 있었다.

"그대들은 나를 재판할 자격이 없다. 또 무슨 권한과 근거로 나에게 극형을 선고하는지 모르겠다. 나는 대한의 전사로서 일본군에 대하여 독립전쟁을 전개한 것이다. 이제 그대들이 내 목숨을 거두게 한다 할지라도 내 독립정신은 죽이지 못할 것이다. 나의 순절의 씨앗은 머지 않아 움이 돋아나 꽃을 피울 것이며, 나는 그러한 역사의 전개를 굳게 믿으면서, 일본 제국주의가 쇠망하는 날까지 지하에서 계속 싸울 것이다."

그의 쾌거를 두고 중국군 총사령관 장제스는 이렇게 말했다.

- 중국의 백만 대군이 해내지 못한 일을 조선 청년 한 명이 해냈다!

그 이후, 중국의 적극적인 후원으로 임시정부의 활동이 되살아났다. 윤봉길의 의거가 꺼져 가는 독립운동의 불씨를 다시 살리는 결정적인 계기가 되었던 것이다.

윤봉길은 사형수로 상하이 파견 일본군 헌병대에 갇혀 있었다. 그 동안, 그는 가족과의 면회는 물론, 편지도 허용되지 않았고 신문, 잡지도 볼 수 없었다.

그가 일본으로 압송된 깃은 그해 11월 18일이었다. 수갑을 찬 채, 헌병들의 삼엄한 호위 속에 우편수송선에 올랐다.

그는 선창으로 내려가기 전에 잠시 바다를 바라보았다. 바다는 끝없이 푸르고, 그 바다 저쪽에 조국이 있었다.

11월 20일, 고베항에 입항하자, 그를 오사카로 실어 나를 쾌속정이 기다리고 있었다. 윤봉길은 쾌속정으로 갈아 탔다. 그는 싸늘한 11월 날씨에도 여름 메리야스에 춘추복 양복과 코트를 입고 있었다.

그의 이송 소식을 접한 신문기자들이 보였다. 그러자 윤봉길은 호송 책임자에게 요구했다.

"사진기자들이 사진을 찍지 못하도록 해주시오."

그가 요구한 까닭은, 수갑을 찬 초라한 모습이 신문에 실려 동포들의 자존심을 상하게 하고 싶지 않았던 때문이었다.

오사카에 도착한 윤봉길은 형무소 독방에 수감되었다. 수감되어 있는 한 달가량 면회는 역시 허용되지 않았다. 고

향의 가족들은, 그가 어떤 처지에 놓여 있는지 전혀 알지
못했다.

그런데 공교로운 것은, 그가 옮겨온 오사카가 그가 목숨
을 빼앗은 시라카와의 고향이라는 점이었다. 왜 하필 그를
이곳으로 데려왔는지는 아무도 알 수 없었다.

그 무렵, 신문기자의 질문에, 형무소장은 그의 수감 생활
을 이렇게 알려 주었다.

의외로 얌전한 편이다. 선입감 탓인지, 나를 기분 나쁜 얼굴
빛으로 바라보는 것 같았다. 옷을 갈아입히고 독방에 수감했
다. 식사는 잘 하고 있다. 형 집행 명령이 있을 때까지 독방에
있을 것이다. 형의 집행은 언제가 될지 전연 모른다.

오사카 형무소에서 한 달이 지난 12월 18일 오후, 윤봉
길은 다시 가네자와 형무소로 이송되어 수감되었다. 그 이
송이 최후의 집행을 위한 것임을 그는 알았다.

마지막 밤이었다. 이미 각오한 일이므로 두려운 생각은
조금도 없었다. 그러나 밤새 잠을 이룰 수가 없었다.

그는 자신에게 다시 한번 이렇게 일렀다.

'내가 죽어서 독립의 밑거름이 될 수 있다면, 더 기쁜 일

이 어디에 있겠는가. 제2의 윤봉길, 제3의 윤봉길이 나와서 독립운동의 횃불이 이어지기를 바랄 뿐이다. 그를 위해 나는 기꺼이 죽으리라.'

12월 19일 새벽 6시, 감방 문이 열리는 소리가 났다. 그리고 간수의 목소리가 들렸다.

"밖으로 나와!"

윤봉길은 자신에게 닥친 죽음을 직감했다.

그는 무장한 헌병들의 호송차에 실려 형무소 문을 나섰다. 호송차는 7시가 조금 넘어 이시카와현 공병 작업장에 도착했다.

겨울 아침의 안개가 자욱이 끼어 있었다. 윤봉길은 그 하늘을 잠시 올려다보았다. 그는 꿇어앉힌 채 십자가 형틀에 묶였다.

"마지막으로 할 말은?"

검찰관이 물었다.

"대한남아로서 할 일을 했으니 아무 미련도 없다."

윤봉길이 대답했다.

곧 10미터 거리를 두고 무장헌병들이 총을 겨누었다. 그리고 발포 명령이 떨어진 것은 7시 40분이었다.

총탄은 윤봉길의 미간을 맞혔다. 그는 빙그레 웃는 듯한 얼굴로 생을 마쳤다. 그의 나이 25세였다.

윤봉길의 총살형 집행은 국내 신문에도 보도되었다.

상하이 폭탄 테러범 윤봉길(25세)은 상해 파견군 군법회의에서 사형 선고를 받고, 그 동안 오사카 육군 형무소에 갇혀 있다가, 사건 발생 후 8개월만인 지난 18일 저녁, 헌병 호위하에 가네자와로 호송되어 19일 오전 7시 40분, 가네자와현의 모처에서 총살집행을 당했는데, 군대에서 총살을 집행함은 군법회의에서도 드문 일이라 한다.

일제의 검열 때문에 윤봉길을 테러범으로 기사화할 수밖에 없는 현실을 신문사로서도 통탄했으리라. 그리고 그 기사를 읽는 국민들은 애국 투사의 장렬한 죽음에 더욱 가슴을 쳤다.

한편, 윤봉길이 총살형을 당한 바로 그 시간에, 그의 어머니는 새벽잠에 아들이 안마당으로 들어오는 꿈을 꾸었다.

"어머니!" 하고 아들이 어머니를 불렀다. 어머니는 하도 반가워 아들을 향해 두 팔을 벌리며, "봉길아, 네가 왔구나!" 하다가, 꽝 하는 소리에 눈을 떠보니 꿈이었다.

그 소리는 대문 띠장이 난데없는 비바람에 부러져 나가

는 소리였다. 한겨울인데도 때 아닌 폭우가 쏟아졌던 것이다. 가야산 기슭 장군봉 바위가 무너진 것도 이때였다고 한다.

윤봉길의 사형 집행 소식을 들은 것은 그로부터 이틀 후였다.

아내 배용순은 베를 짜다가 그 소식을 듣고 통곡했다. 아버지는 아들의 유골을 고향에 보내줄 것을 청원하는 혈서를 썼다.

– 내 자식의 유골이나마 고향에 묻힐 수 있게 해주기를 간곡히 바랍니다.

동생도 진정서를 만들어 예산경찰서에 눈물로 호소했으나 모두 허사였다. 유골의 송환은커녕 박대와 냉대만 돌아왔다.

얼마 후에 유골 대신, 윤봉길의 유품이 고향으로 돌아왔다. 떠나간 사람 대신 그의 물건이 집으로 돌아온 셈이었다.

고향을 떠날 때부터 지니고 있던 도장과 손수건, 가죽지갑, 안경집, 중국 화폐 등이었다. 그리고 그 속에 거사의 날 김구와 바꾼 회중시계도 들어 있었다.

19. 뒷이야기

　해방 이듬해인 1946년 4월 27일, 윤봉길 의사 상해의거 14주년 기념식이 윤봉길의 고향 예산에서 거행되고 있었다.

　내빈들 가운데 반가운 얼굴이 보였다. 바로 임시정부 주석 김구였다. 해방을 맞아 임정 요인들과 함께 귀국한 그가 거기까지 내려왔던 것이다.

　그 전에, 김구는 귀국하자마자, 윤봉길의 유가족을 만나고 싶어 했다. 그 간절한 소망이 신문에 보도되어, 시량리 사람들도 알게 되었다.

　윤봉길의 동생 윤남의는 바로 조카 종을 데리고 상경하여, 경교장으로 김구를 찾아뵈었다. 그들을 맞이한 김구는 반가움과 측은함으로 가슴이 메어 말문을 열지 못했다.

　"13년 동안 얼마나 고생이 많았소."

　한참만에야 겨우 입을 뗀 김구는 종의 머리를 쓰다듬으며 말을 이었다.

　"네가, 윤 의사가 용감한 병정이 되라고 했던 바로 그 종이로구나. 아버지가 얼마나 그리웠겠느냐."

김구는 소년을 앞에 두고, 장한 아버지 윤봉길을 회상하면서 눈시울을 붉혔다. 차가운 이국땅에서 독립운동을 위해 산전수전을 다 겪은 노 애국자도 윤봉길의 동생과 아들 앞에서는 눈물을 참을 수 없었던 것이다.

그런 김구가 기념식을 위해 윤봉길의 고향을 손수 찾아왔다. 주최측은 김구 주석을 맞아, 예산 정거장에서 덕산 윤봉길의 집까지 황토 흙을 깔아 그를 예우했다. 왕조 시대에 왕의 행차를 모시듯 정성을 다한 것인데, 그에 대한 존경이 그만큼 컸던 것이다.

그날 행사는 고을이 생긴 이래 최대의 인파가 모인 자리였다. 집 앞 넓은 공터에 추모 연단이 마련되었다. 인근 주민들이 김구를 보려고 인산인해[1]를 이루었다. 그에 대한 신망과 기대가 하늘을 찌를 때였다.

"여러분, 나는 지금도 윤 의사를 생각하면 눈물이 납니다. 14년 세월 동안 그를 한 번도 잊은 날이 없습니다."

김구는 떨리는 목소리로 추도사를 했다. 그의 추도사는

---

1 인산인해(人山人海): 사람이 산을 이루고 바다를 이루었다는 뜻으로, 사람이 수없이 많이 모인 상태를 이르는 말.

구구절절 윤봉길 의사에 대한 그리움과 고마움으로, 그리고 의사의 위대함으로 이어졌다.

"여러분, 윤봉길 의사가 없었으면, 나도 이 자리에 없습니다. 그리고 우리 대한민국도 없습니다."

김구는 그곳에서 하룻밤을 잤다. 그리고 윤봉길의 아버지와 그의 유해 봉환2 문제를 의논했다.

"하루빨리 이국땅에 묻혀 있는 의사의 유해를 모셔 와서, 국장으로 장례를 치러야 합니다. 그래야 의거의 참뜻이 완성되는 것입니다. 이 일에 내가 앞장서겠습니다."

그 후, 곧바로 유해 봉환 계획이 실행에 옮겨졌다. 그러나 윤봉길의 유해를 찾는 작업은 결코 쉽지 않았다.

먼저 육군묘지를 샅샅이 살펴보았으나, 윤봉길이라는 팻말이 나오지 않았다. 그 오른편에 러일전쟁 때 포로로 잡혀 죽은 러시아 병사들의 묘지가 있어, 혹시 거기 있을까 했으나 그곳에도 없었다. 인접한 일반 공동묘지도 다 뒤졌으나 허탕이었다.

여러 날이 걸리고도 묘지를 찾을 수 없었다. 그러던 차

---

2 봉환(奉還): 받들어 모시고 돌아옴.

에, 육군묘지 관리소의 승려와, 당시 헌병 대원이었던 두 일본인의 도움으로 실마리가 풀렸다.

천신만고 끝에, 마침내 그가 묻힌 곳을 찾았다. 그런데 그곳은 쓰레기 소각장이었다.

흙을 파내려갔더니 관이 나오고, 관 위에는 십자가 모양의 형틀이 놓여 있었다. 관을 열자, 고인의 죄수복, 구두, 머리카락 등이 나왔다.

윤봉길의 유해가 부산항에 봉환된 것은 5월 중순이었다. 이봉창, 백정기 두 의사의 유해와 함께였다.

그날은 마침 세 혼백을 위로하듯 궂은비가 내렸다. 부두에서 봉안처까지 가는 연도에 수많은 시민이 몰려나와 세 영웅의 말없는 귀환에 머리를 숙였다.

6월 15일, 부산에서 추도식이 거행되고, 이튿날 16일, 특별열차로 세 의사의 유해는 서울로 봉송되었다. 그리고 정당, 사회단체, 학계, 문화계, 언론계의 뜻을 모아, 세 의사의 장례를 국민장으로 치르기로 결정했다.

세 의사의 국민장은 7월 6일에 치러졌다. 묘소는 효창공원이었다.

유골을 모셨던 태고사에서 효창공원까지, 영구가 움직이

는 길가에 수많은 인파가 몰려 마지막 길을 배웅했다.

　윤봉길의 유해는 효창공원 묘역에 묻혔다. 아직 돌아오지 못한 안중근의 유해를 모실 자리 바로 아래였다. 형장의 이슬이 된 지 14년 만에, 윤봉길 의사는 그토록 해방을 원했던 조국의 땅에 영원한 안식처를 얻은 것이다.

　뒷날, 시인 김남조는 의사에게 이런 노래를 바쳤다.

　　하늘이 내리시는 부신 햇살이
　　충절의 큰 사적을 말없이 말씀하네.
　　나라 뺏긴 천지간에 나라 찾을 뜻을 세워
　　그 한 몸 황황히 불로 사룬 윤 의사여,
　　광복의 기맥이 그 불기둥 위에 뻗쳤네.

　　열백 번 거듭나서 사람 되어도
　　순백의 그 혼백은 피밭에 핀 꽃였으리니
　　원통하고 욕된 세월 내 나라의 기를 품고
　　한사코 새 역사를 기약턴 윤 의사여,
　　조국의 창사에 그 이름이 길이

소설 윤봉길 해설

우리가 일제에 나라를 빼앗겼을 때, 수많은 독립투사가 잃은 나라를 되찾으려고 싸우다가 죽었다. 윤봉길 의사도 그 중의 한 사람이다. 그러면서도 윤 의사는 남다른 면이 있다. 신념과 용기의 화신이라는 점에서 그러하다.

윤 의사는 아주 어린 나이에 이미 항일 정신이 자신의 신념이 되었고, 그래서 스스로 일본 식민지 교육을 받지 않으려고 학교를 박차고 나오는 용기를 보였다.

윤 의사는 배우지 못한 아이들을 깨우치기 위해 야학을 열고, 농민들의 무지를 일깨우기 위해 계몽 운동을 벌였다. 이 모두가 항일의 신념에서 나온 독립운동의 실천이었다.

윤 의사의 최종 목표는 물론 조국 독립이었다. 그는 그 목표를 달성하기 위해 마침내 결단을 내린다. 망명을 결심하게 되는 것이다.

망명이란 고향과 가족을 떠난다는 뜻이다. 농촌 계몽을 위해 여러 가지 일을 시작했고, 모셔야 할 부모와 거두어야 할 처자식이 있는 윤 의사로서는 결코 쉬운 일이 아니었다.

이 또한 신념과 용기가 따르지 않으면 실천하기 어려운 일이었다.

윤 의사는 23세 때 집을 떠나 임시정부가 있는 상하이로 갔다. 그리고 2년 뒤에 세상을 놀라게 한 의거를 일으키고, 25세에 불꽃 같은 생을 마쳤다.

윤 의사의 짧은 생애는 처음부터 끝까지 항일운동이었다. 그의 삶은 오로지 독립운동으로 시작해서 독립운동으로 마감한 것이다.

그는 신념과 용기의 화신이었다.

그는 1908년 6월 21일, 충남 예산군 덕산면 시량리에서 아버지 윤황과 어머니 김계상의 장남으로 태어났다.

6세에 큰아버지에게 『천자문』을 배우다가, 11세에 덕산 공립보통학교에 입학했다. 그러나 다음해에 3·1 만세운동이 일어나자, 민족적인 분노를 목격하고, 식민지 교육을 받지 않겠다는 이유로 학교를 자퇴했다.

그 뒤, 한문서당인 오치서숙에서 매곡 선생에게 사서삼경을 배우는 한편, 『동아일보』 등의 신문과 『개벽』 잡지를 통해 신학문을 익히는 데도 게을리 하지 않았다.

그는 무지가 일제보다 더 현실의 적이라는 점을 깨닫고,

농촌 계몽 운동을 시작했다. 야학을 열어 아이들에게 글을 가르치고, 『농민독본』이라는 책을 직접 저술하여 무지한 농민들을 계몽하고, 부흥원을 조직하여 농촌부흥운동을 일으켰다.

또한 농촌진흥을 위해 월진회를 조직했으며, 건강한 신체 단련을 위해 수암체육회를 만들기도 했다.

고향에서 이렇듯 활발한 활동을 벌이던 무렵, 그를 찾아온 손님이 있었다. 그는 잡지사 기자이면서, 독립군과도 연관을 갖고 있는 이흑룡이라는 사람이었다.

두 사람은 의기투합하여, 국내외 정세와 민족의 앞날에 대한 대화를 나누었다. 시골에서만 지내서 스스로를 우물 안 개구리로 여기던 그로서는 이흑룡을 통해 독립운동의 실태를 자세히 알 수 있었다.

이후에도 이흑룡은 가끔 윤봉길을 찾아와서 국제정세며 독립군의 활약상 등을 전해 주었다. 그것은 그의 가슴에 더욱 불을 당겼다.

그러던 무렵, 야학과 부흥원의 활동을 두고 일경의 간섭이 거세졌다. 그가 항일 정신을 고취시키고 있다고 의심한 일경의 감시가 강화되었던 것이다.

어느 날, 이흑룡이 다시 찾아오자, 그는 마침내 망명을 결심했다. 조국의 독립을 위해 보다 큰 일을 하기로 결단을 내렸다. 만주의 독립군을 찾아가기로 한 것이다.

1930년 3월 5일 새벽, 그는 '사나이 뜻을 세워 집을 나가면, 공을 이루지 않고서는 살아서 돌아오지 않는다'라는 글을 남기고, 집을 떠나 신의주로 향했다. 그곳에서 이흑룡을 만나기로 약속이 되어 있었다.

그런데 가는 도중에 수상한 자로 몰려, 일본 형사에게 붙잡혀 유치장에 갇히고 말았다. 그 바람에 이흑룡과의 약속도 지켜지지 못했다.

그는 선천경찰서에서 보름 만에 겨우 풀려났다. 그리고 잠시 여관에서 지내며 사촌동생에게 편지를 써서 자신의 일을 알렸다.

그런데 뜻이 있으면 길이 열리는 모양이었다. 동생의 답장을 기다리는 동안, 우연히 옆방에 묵고 있던 김태식이라는 사람과 그 동료들을 알게 되었다. 그들도 독립운동의 뜻을 지닌 사람들이었다.

그는 그들과 가까워져서, 그들의 주선으로 신의주로 가게 되었다. 그런데 그곳에서 이흑룡을 다시 만나게 되었다. 사촌동생에게 소식을 듣고 그가 달려온 것이다.

마침내 그는 이흑룡, 김태식 등과 함께 압록강을 건너 만주로 갔다. 그리고 만주의 독립군 부대를 찾아다녔지만 실망뿐이었다.

당시 독립군 내부는 크게는 민족진영과 공산진영으로 양분되고, 작게는 소소한 파벌들로 갈려서, 그 활동이 보잘것없었다.

마음을 붙이지 못한 채 유랑의 시간을 보내던 그는 1931년, 대한민국 임시정부가 있는 상하이에 도착했다. 그 혼자였다. 동지들과도 뿔뿔이 헤어졌던 것이다.

그런데 하늘이 도왔는지, 안중근 의사의 동생 안공근을 알게 되었다. 그의 집에 숙소를 정하고, 그의 소개로 교포의 공장에 일자리까지 얻게 되었다. 그러나 가슴속 깊이 큰 뜻을 품고 있던 그로서는 일시적인 생활의 안정에 만족할 수 없었다.

그러던 차에 이봉창 의사의 의거가 일어났다. 그는 큰 충격을 받고, 그도 그런 거사를 일으키리라 다짐하게 되었다.

그 무렵, 마침내 김구 선생과의 만남이 이루어졌다. 홍커우공원에서 일본 천황의 생일을 축하하는 천장절 행사가 열리기 얼마 전이었다.

그에 맞춰 김구는 거사를 계획했고, 그 일을 맡을 사람을 찾고 있었다. 그가 그 일을 자청하고 나섰다.

1932년 5월 8일, 그는 일본인으로 가장하고 행사장에 들어가 미리 준비한 폭탄을 던졌다. 폭탄은 식단 정중앙에 떨어져 폭발했다.

그 폭발로 단상에 있던 일본군 총사령관 등 7명 전원이 목숨을 잃거나 크게 다쳤다. 그의 거사는 세상을 놀라게 했다. 그리고 무엇보다 침체한 임시정부의 독립운동에 새로운 활력을 불어넣는 계기가 되었다.

그의 쾌거를 두고 중국군 총사령관 장제스는 이렇게 말했다.

-중국의 백만 대군이 해내지 못한 일을 조선 청년 한 명이 해냈다!

거사 직후, 그는 체포되었고, 그 뒤 일본 군법회의에서 사형을 선고받았다. 그리고 그해 12월 19일, 총살형이 집행되어 형장의 이슬로 사라졌다.

윤봉길 연보

1908년(1세) 6월 21일(음 5월 23일) 충청남도 예산군 덕산면 시량리 178번지에서, 아버지 윤황과 어머니 김원상의 장남으로 태어나다.

* 전명운, 장인환, 미국 샌프란시스코에서 친일파 스티븐슨 저격.

* 최남선, 월간종합지 『소년』 창간.

1913년(6세) 큰아버지에게 『천자문』을 배우다.

* 안창호, 흥사단 조직.

* 한강 철교 복선화 완공.

1918년(11세) 덕산공립보통학교에 입학하다.

* 총독부에서 『조선어사전』 편찬.

* 여운형, 파리평화회의와 미국 대통령에게 독립청원서 전달.

1919년(12세) 3.1 만세운동에 자극받아 학교를 자퇴하다. 독학으로 일본어를 익히고, 한문을 다시 배우다.

* 유관순, 천안 아오네 장터에서 체포.

* 대한민국 임시정부 수립.

1921년(14세) 오치서숙 매곡 선생 아래서 사서삼경 등 유학을 익히다. 동아일보와 『개벽』 잡지를 탐독하며 신학문에 눈을 뜨고, 한시를 부지런히 짓다.

* 염상섭, 『개벽』에 「표본실의 청개구리」 연재.

* 홍난파, 「봉선화」 작곡.

1922년(15세) 뛰어난 시재로 백일장에서 장원을 하고, 배용순과 결혼하다.

* 문예지 『백조』 창간.

* 안창남, 도쿄-오사카 간 비행 성공.

1926년(19세) 오치서숙을 마치다. 농민계몽, 농촌부흥, 독서운동을 시작하다.

* 한용운, 『님의 침묵』 발간.

* 김구, 임시정부 국무령에 취임.

1927년(20세) 『농민 독본』을 저술하다.

* 조선어연구회, 『한글』 창간.

* 홍난파, 이원수 작사의 「고향의 봄」 작곡.

1928년(21세) 부흥원을 설립하다. 독립군과 연결된, 『시조사』기자 이흑룡과 접촉하다.

* 이동녕, 안창호, 김구, 상하이에서 한국독립당 조직.

* 홍명희, 『임꺽정』을 조선일보에 연재.

1929년(22세) 월진회와 수암체육회를 조직하다. 학예회에서 공연한 「토끼와 거북」 때문에 일경의 감시를 받다. 광주학생운동으로 민족 투쟁에 눈을 돌리다.

* 인도 타고르, 동아일보에 「조선은 아세아의 등불」 기고.

* 김좌진, 만주에서 한족총연합회 조직.

1930년(23세) 3월 6일 본격적인 독립운동을 위해 집을 떠나다. 신의주로 가다가 일본 형사에게 붙잡혀 선천경찰서에서 고초를 겪다가 풀려나다. 그 후, 국경을 넘어 만주 독립군 부대를 찾아 떠돌다.

* 광주학생운동 주도자 황남옥 등 50여 명, 징역형 선고.

* 조선어연구회, 「한글맞춤법통일안」 제정을 결의.

1931년(24세) 5월 8일 임시정부가 있는 상하이에 도착하다.
안공근의 도움으로 교포 실업가 박진이 경영
하는 공장에 다니다.
7월 완바오산 사건이 터져 한중 관계가 악화
되다.
* 신간회, 경성지회 해체 결의.
* 방정환 사망.

1932년(25세) 이른 봄부터 야채장수로 가장하여 일본군 정
보를 탐지하다가 김구가 이끄는 한인애국단
에 입단하다.
4월 29일 홍커우공원에서 열린 천장절 기념
행사에 폭탄을 숨겨 들어가, 시라카와 대장
등 일본 요인들을 향해 던지다.
5월 25일 일본군 군법회의에서 사형선고를
받다.
11월 18일 오사카 형무소로 이송되어 수감되
다.
12월 18일 가네자와 형무소로 이감되다.
12월 19일 오전 7시 40분, 총살형으로 순국
하다.

                  * 조선혁명군 총사령 양세봉, 중국 의용군과 함께
일본군 대파.

                  * 이봉창, 일본 형무소에서 순국.

1946년   5월 중순 일본에서 유해 봉송이 이루어지다.
7월 7일 국민장이 치러지고 효창공원에 안장
되다.

소설 윤봉길을 전후한 한국사 연표

1876년 한일 강화도조약(조일수호조규) 조인.

1882년 임오군인 폭동.

1884년 갑신정변.

1885년 영국 해군, 거문도 불법 점령.

1893년 동학교도 보은에 집결. 인천항 개항.

1894년 동학락농민전쟁 일어남. 청일전쟁 발발. 갑오개혁.

1895년 명성왕후 시해됨. 단발령 공포.

1896년 전국 각지에서 의병 일어남. 고종, 아관파천. 독립
　　　　협회 설립.

1897년 대한제국 성립.

1898년 만민공동회 개최.

1899년 경인선 개통. 제주도 농민항쟁(방성칠 주도).

1900년 활빈당 활약.

1901년 제주도 농민항쟁(이재수 주도).

1902년 서울~인천 전화 개통. 신식 화폐 조례 발표.

1903년 YMCA 발족. 서울~개성 철도 착공.

1904년 러일전쟁 발발. 경부선 철도 완공.

1905년 미국과 일본, 가쓰라 태프트 밀약. 을사늑약 체결.
　　　민영환 자결.

1906년 안중근, 이토히로부미 사살.

1907년 신민회 조직. 헤이그 특사 사건. 고종 황제 퇴위.
　　　순종 즉위. 군대 해산.

1909년 안중근, 하얼빈에서 이토 히로부미 사살.

1910년 안중근, 여순감옥에서 순국. 한일병합 조약 체결.
　　　국권 피탈.

1911년 9월　조선총독부, 105인사건과 신민회사건 조작.

1912년 토지조사 사업 시작(~1918년).

1914년 지세령을 공포. 대한 광복군 조직.

1916년 일본 육군대장 하세가와, 조선 총족에 임명됨.

1918년 이동휘 등, 한인사회당 조직.

1919년 고종 사망. 3 · 1운동 발발. 상해에서 대한민국임
　　　시정부 수립.

1920년 김좌진의 청산리전투 승리. 유관순 옥중에서 순국.
　　　홍범도의 봉오동 전투.

1923년 관동 조선인 대학살. 암태도 소작쟁의(~1924년).

1924년 이동녕 임정 국무총리에 취임.

1925년 조선공산당 창립.

1926년 6·10만세운동.

1929년 원산 총파업. 광주학생 항일운동.

1930년 평양 고무노동자 총파업.

1931년 우가키, 신임 조선총독으로 부임.

1932년 이봉창 의거, 일본 도쿄 신주쿠 이치가야 형무소에
서 순국. 윤봉길 의거, 일본 이시카와현 카나자와
시 미츠코지야마 서북골짜기에서 순국.

1933년 항일 유격대, 함경북도 경원경찰서 습격.

1934년 조선총독부, '노동 농지령' 선포, 진단학회 조직.

1936년 재만한인 조선광복회 창립. 일장기 말살사건.

1937년 중일전쟁 시작. 보천보 전투.

1938년 조선총독부,학교 교육과정에서 한글 교육 금지. 국
가 총동원법 시행, 지원병제 제정. 한글 교육 금
지.

1940년 창씨 개병 실시. 한국 광복군 창설. 한국독립당 설
립, 한글신문(동아일보 등) 폐간.

1941년 대한민국 임시정부, 건국 강령 발표 및 대일 선전
포고.

1942년 조선어학회 사건 일어남. 조선 독립 동맹 조직.

1943년 카이로 선언 발표, 조선총독부, 조선에서 학도 지
    원병제 제정. 실시.
1944년 조선총독부, 여자정신대근무령 공포, 시행.
1945년 8 · 15 해방. 여운형 주도의 조선인민공화국 수립
    선포. 건국준비위원회 발족. 미국과 소련, 군정 실
    시. 신탁통치 반대운동 전국으로 확산.